R
V

Arthur Holitscher

In England, Ostpreußen, Südösterreich

Gesehenes und Gehörtes 1914/15

Regenbrecht Verlag

Bibliografische Information der Deutschen Bibliothek
Die Deutsche Bibliothek verzeichnet diese Publikation in der
Deutschen Nationalbibliografie; detaillierte bibliografische Daten
sind im Internet über http://dnb.ddb.de abrufbar.

© Regenbrecht Verlag, Berlin 2013
Alle Rechte vorbehalten
www.regenbrecht-verlag.de

ISBN: 978-3-943889-50-5

Herstellung: BoD – Books on Demand, Norderstedt

Umschlagbild: Grenzverlauf zwischen Italien und Österreich-
Ungarn aus der 48. Auflage des Diercke-Schulatlas von 1911. Entlang des Flusses Isonzo bei Görz (ital. Gorizia; slow. Nova Gorica)
fanden nicht weniger als zwölf blutige Schlachten statt.

Inhalt

In England

Leviathan

Insel Wight, Ende Juni 1914

Sieben Tage waren vergangen, nochmal sieben und noch sieben, und mit jedem Tage war die Welt schöner geworden. Ein solches Glücksgefühl stieg auf in uns und um uns herum, dass wir uns sagten: jetzt ist der Anfang aller Dinge! Über die Insel, auf der wir wohnten, war die Sommerherrlichkeit ausgebreitet wie ein tiefer, traumloser, atmender Schlaf der gerechten Erde. Wir hatten in der Nähe von Ventnor eine kleine Wiese auf einem Felsenrücken entdeckt, dort verbrachten wir Stunden; der Wind vom Meer strich über unsere aufwärts gewandten Gesichter und emporgehaltenen, wie zum Empfangen emporgehaltenen Hände, durch die gespreizten Finger weg; der wundervolle Salzwind strich hinauf zu den Gärten der Felsenküste, in denen mit überschwenglichen Farben und in einer fast beklemmenden Fülle die Blumen des fruchtbarsten Jahres seit Menschengedenken sich über den Beeten drängten. Viele Stunden verbrachten wir auf solche Weise, im Grase liegend, auf das Atemholen, Atem-auslassen des Meeres unter uns achtend, selber tief und stark einatmend und ausatmend, wie es die Weisen Indiens befehlen, damit der Mensch, die höchste Kreatur, in den gebotenen Rhythmus gerate mit der gütigen Mutter Natur. Oben zogen leichte Wolken über den Frieden des Gewölbes hinweg, zart und von durchscheinendem Blau.

Aber eines Tages erhoben wir uns langsam, mit gekrampften Händen, über das Gras, das zwischen unseren Fingern zerriss, und blieben aufrecht sitzen und erstarrten. Wo früher der Horizont des Meeres war, stand ein Gebirge. Die Linie der Unendlichkeit hatte sich in eine zackige Kette von spitzen Bergen verwandelt, Gipfeln und Zinnen, Schroffen und Zinken von nicht sehr ungleicher Höhe, aber endlos nebeneinander über den ganzen Horizont. Und das Gebirge kam näher. Es veränderte seine Farbe nicht, stieg nur höher und höher, unmerklich, unabwendbar. Zwischen den Zacken konnte man Rauch erkennen, er stieg auf wie aus Poren der Kettenglieder. Bald hatte sich eine einzige dünne schiefergraue Wolke über den Horizont hingezogen, dünn, aber fest auseinandergewalkt wie eine eiserne Stange im Himmel, und sie schleifte stetig, von unten genährt, die spitzige Kette über das Wasser immer näher zu uns heran.

Unsere Augenpaare suchten sich über den ausgerissenen Grasbüscheln, jedes von uns sah, wie das andere bleich unter den Augen und weiß über die Wangen hinab geworden war. Jetzt war's um den Horizont geschehen; der Einklang entzweigebrochen, zwischen das Meer im Osten und unsere Felsenwiese hatte sich das rollende Gebirge geschoben, graue, eiserne, rauchende Felsformationen, durch Verstandeskraft verteilt und zusammengehalten, vorwärts gestoßen und hinten von einer Hand gezügelt – so unverständlich dem sommergesättigten Menschensinn, so unerkennbar nach Zweck und Ziel, wie die verborgene Schicksalsgewalt es ist, aus der Schall, Licht und Werden und Vergehen fließen.

Unten im Ort war der Strand schon voll von fröhlichen, hellen, bunten Menschen; alle die Väter hatten ihre Kleinen auf den Arm gehoben, die Frauen standen vorn am Rande des Wassers, verzückt, der Wind wehte ihre leichten Gewänder eng an ihre schlanken Gliedmaßen an. Ein Wort flog aus den Kindermündern, Männerbrüsten, Frauenkehlen in die Luft empor:

»Our fleet!«

Die Flotte! All unsere Schiffe! Das Meer von Küste zu Küste bedeckt von unseren Schiffen! Seht sie euch gut an; solchen Anblick werdet ihr in eurem Leben nie wieder haben! Und wir, in der Mitte der Jauchzenden, von Stolz und Lust überströmenden sahen zu, wie aus dem Meere höher und höher der Stachelrücken, der Fabelpanzer des Tieres emporgestiegen kam, des unter den Gewässern verborgenen Tieres, das die Offenbarung nennt und die Propheten des alten Bundes gekannt haben. Das einmal in hundert Jahren, einmal in fünfhundert, einmal in tausend Jahren heraufsteigt aus der Untiefe zur Oberfläche des Meeres, sichtbar wird für einen Augenblick unter dem weiten Himmel, dessen Farben verlöschen von seinem Anblick. Das Tier mit den scharfen Stacheln auf seinen Panzerschuppen, zwischen denen die brüllenden Poren ihren Odem ausstoßen, – seine Flossen fegen unten auf dem Meeresgrund und stoßen an Festland rechts und Festland links; eine Bewegung seines Schwanzes lässt die Länder an den beiden Seiten des Meeres erzittern, in unendlicher Ferne, wohin der Sinn des Menschen nicht mehr hinunterzutauchen wagt, hat sein Haupt sich nach unten gebogen, und das Feuer in seinen Augen blickt hinein in den Kern unserer Erde.

Trafalgar-Square am Abend des 4. August

Dienstag, den 4. August 1914 waren wir von Wight nach London geflohen, aus der ewig beweinten, verschwundenen, verlorenen Einsamkeit der Wiesen, Blumen und Meerabhänge in das grölende Gestampfe, die aufgespeicherte Überhitztheit der erregten Stadt. Auf einmal war das über Tag und Natur hinwegschwebende Erleben der Welt abgelöst von tausend kleinen, flirrenden, scharf gegeneinander explodierenden Wahrnehmungen.

An den Straßenecken schrien die Zeitungsjungen uns ihre Neuigkeiten in den Wagen hinein, die zu uns hereingeschwenkten Zeitungen rissen entzwei, die Hälfte blieb in der Hand des Jungen, die Hälfte in dem fahrenden Wagen. Ein paar laut gebrüllte, fettgedruckte Worte bohrten sich uns wie feindliche Würmer durch Ohr und Auge ins Gehirn. Die Deutschen in Belgien! England, wehre dich! Englisches Ultimatum an Deutschland! Heute mitternacht! Und schon müssen wir im Fahren innehalten – aus einer Querstraße zieht hinter Fahnen ein Trupp von singenden Burschen an uns vorüber, junge Burschen, Kinder, Weiber, dazwischen die wohlbekannten, übel ausschauenden Gestalten aus den Schlupfwinkeln, die immer da sind, sobald die Instinkte losgelassen werden und ungewöhnliche Versprechungen die Atmosphäre zu erhitzen beginnen, über dem Trupp weht der Union Jack, über die Straße zieht es hinweg:

»Rule Britannia, Britannia rule the waves ...«

In den Hotels ist kein Platz für uns frei; überall stehen breitspurig und mit verärgerten Gesichtern Amerikaner auf den Treppen, möchten fort und können nicht. Unser Wagen fährt an dem deutschen Konsulat vorüber, vor dem eine Schar verängsteter Menschen sich gestaut hat. Kleine Handtaschen, verschnürte Bündel mit armen Habseligkeiten liegen auf dem Pflaster neben diesem und jenem. Das Tor öffnet sich einen Spalt breit, eine Hand mit einem Papier streckt sich heraus, aus der Schar schnappt eine emporgereckte Hand das Papier weg, das kostbare Papier, ein junger Mensch, ein junges Weib drängen sich über die Stufen hinunter, auf die Straße, jedes sein Bündel unter dem Arm, neidische Blicke folgen ihnen. Sechs Uhr abends. –

Im lieben stillen Haus am alten Platz kommt Miss Caroline mit offenen Armen auf uns zu. Ich erkläre unsere Lage, ziehe die Brieftasche mit den wertlosen Bankscheinen hervor, deutsche, österreichische Noten, sonst haben wir kein Geld. Das feine alte Gesicht wendet sich erstaunt zu uns.

»Aber hier können Sie ja bleiben, solange es Ihnen beliebt, bis diese schreckliche Geschichte vorüber ist. Stecken Sie Ihre Brieftasche ein. Haben Sie sich hier in früheren Jahren wohl befunden? Well we want you!«

Beim Abendessen sitzen wir mit einer Gesellschaft von Engländern, Amerikanern, Kanadiern und Leuten aus Westindien beisammen. Wir sind die einzigen, die deutsch sprechen. Niemand spricht vom Krieg, weil wir die einzigen sind, die deutsch sprechen. Jedermann bemüht sich, uns eine kleine Freundlichkeit zu erweisen, und wenn's weiter nichts ist wie das Herüberreichen des Senfbehälters.

Um acht Uhr sind wir wieder unten, verlassen unseren schönen, kleinen Platz mit seinen verträumten, alten Bäumen und gehen langsam die bewegten Straßen hinunter nach Trafalgar-Square. Auf dem Stern um die Säule wogen glühende Volksmengen. Vom Strand her, White Hall herauf und hinunter zum Parlament, durch den Bogen der Admiralität, die Mall entlang nach dem Buckingham Palast stoßen sich Züge von Menschen im Sturmschritt vorwärts und zurück. Vor der Säule und über White Hall bis Downingstreet ist das

Pflaster aufgerissen, und auf den schmalen Seitenpassagen schäumt der eingezwängte Verkehr auf mit trüb gischtigen Wellen. Der Pöbel der immensen Stadt ist losgelassen; aber alle Schichten der Bevölkerung scheinen gemeinsame Sache mit dem Pöbel zu führen!

Keiner erwartet mehr Nachrichten, die über Krieg oder Frieden entscheiden sollen. Jeder weiß: der Krieg ist beschlossen. Der Königspalast am Ende der Mall schimmert blank, es ist aber nur ein harmloser Spaziergang zwischen Bäumen dort hinunter, das Volk Englands weiß, sein Geschick liegt nicht in dieser Richtung, sondern ein paar Schritte weit unten, bei White Hall, in der kleinen dunklen, abgesperrten Downingstreet, wo das Auswärtige Amt gelegen ist. In der kleinen, toten Gasse, in der nur ein einziges Fenster beleuchtet ist, hat sich das Geschick Englands bereits vollzogen.

Alle Augenblicke bohrt sich ein neues Geschrei durch das stumpfe Gebraus der Zehntausende. Die Massen gerinnen in kleine Klumpen, und aus der Mitte des Klumpens gellt ein neues Geschrei des Zeitungsverkäufers in die Höhe. Schon hört man nur mehr ein einziges Wort:

»Germans!«

Dieses Wort, das sich in den nächsten Tagen wie eine gefährliche Besessenheit in allen Ohren festnisten wird. Und nicht minder laut und gellend:

»The Kaiser! The Kaiser!!«

Daneben jede Minute neue wahnwitzige Nachrichten wie scheu gewordene Pferde durch die Menge rasend, Darstellungen von Ereignissen, die nie stattgefunden haben und die man zum Teil sogar in den feilgebotenen Blättern vergeblich suchen darf. Aber das Geschrei steigt den Leuten gefährlicher und gefährlicher zu Kopfe, über den Stern, in dessen Mitte die Säule steht, pflanzt sich das Geschrei nach sieben Strahlen der Windrose fort, weiter hinab und zurück ist es ein einziges gellendes Gebrüll:

»Germans! The Kaiser!!«

Aber es sind nur die Massen auf den Bürgersteigen, über die diese Rufe sich fortpflanzen. Aus den Trupps, die in dichten Kolonnen mit betäubendem Schrittegestampf unten auf den Fahrwegen daherkommen, steigt mit Hurragebrüll unentwegt:

»Rule Britannia, Britannia rule the waves!«

über die Köpfe empor, und Rule Britannia! und Germans! und the Kaiser! zieht sich enger und enger in einem brausenden Wirbel um die Trafalgarsäule zusammen, züngelt in Spiralen, von dem eisernen Pfahl in die Höhe geleitet, bis zum Himmel hinauf, eine Rakete aus Schall, die oben explodiert und wie ein Gewitterregen von Aufruhr über das ganze Land niederfällt. Unten kreisen die wild zusammengewürfelten Menschenmassen hinter dem wehenden Union Jack und der französischen Trikolore her ... vom Strand naht eine neue Armee mit wildem Gebrüll, die bringt eine neue Fahne, die belgische, und fortan sind diese drei Fahnen unzertrennlich an der Spitze der Massen zu sehen.

Elf Uhr nachts. Vor einer Stunde gab's noch, hier und dort, spärlich verstreut, Spannung, zurückhaltendes Abwarten, gesittete, spröde Verschlossenheit unter den Menschen in der Menge; jetzt ist alles aufgelöst zu einem überstürzenden Durcheinander, wilden Krawall, den ein Wort, ein einziges Wort übertönt:

»Germany!!«

Dieses eine Wort, man spürt es, jahrzehntelang hat es grollend und lauernd auf dem Grunde der englischen Massenseele gelegen – jetzt ist es mit einem Sprung in die Höhe geschossen und hat im selben Ausbruch alles mit sich gerissen, entfacht, in Stücke zerfetzt, was an Kühle, Besonnenheit, wertvoller Duldsamkeit in der Natur der Briten ruhig und gesittet nebeneinander gelegen hatte. Jetzt, da die Dämme zerstört sind, sind wir Zeugen von Geschehnissen, wie wir sie selten in einem zivilisierten oder barbarischen westlichen oder östlichen Lande mit Augen gesehen haben.

Die Säule Nelsons erhebt sich auf einem ungeheuren Block von dunklem Stein, der an vier Seiten von den Löwen Landseers flankiert ist. Jedermann, der London kennt, weiß, dass von diesem Steinfundament herab die großen Ereignisse des Landes dem Volk von seinen eigenen Brüdern verkündet zu werden pflegen. Was sind das für Menschen, die sich heut Nacht, in dieser verbängnisvollsten Stunde Englands, auf diesem weitest hin sichtbaren Steinfundament der englischen Geschichte tummeln?

Ein Haufen von hemdsärmligen betrunkenen Burschen schreit mit geballten Fäusten unverständliche Worte zur johlenden Menge hinunter, die nicht nur aus Rowdys und Dirnen, sondern aus Männern und Frauen der Mittelklasse sich zusammengesetzt hat. Flaschen voll Whisky gehen oben von Hand zu Hand, wie sie jeder aus der Hefe in seiner schmutzigen Tasche bei sich führt. Aus nahen Schenken hat man Bierkannen herbeigeholt und reicht sie denen auf dem Säulenfundament hinauf. Das schrille Gequiek einer Mundharmonika lässt sich vernehmen. Sie spielt einen irischen Jig, Kontertanz, auf; ein paar wüste Gesellen oben bemühen sich, ihre unbeherrschten Gliedmaßen nach dem Rhythmus der Volksmelodie in Bewegung zu setzen, aber es kommt nur ein betrunkenes Torkeln und Taumeln heraus dabei. Aber mit einem Male geht die Harmonika in die Marseillaise über ... von irgendwoher stößt sich ein Schub von Weibern zur Säule heran, die oben auf dem Säulenpostament strecken die Arme hinunter, ziehen die Weiber in die Höhe, und im Nu ist, zu den Klängen einer schamlosen Cancanmelodie, ein Tanz oben im Gange, dem die brüllende, besinnungslose Menge mit Entzücken zusieht und zujauchzt.

Ruhig. Was haben wir in dieser Nacht zwischen elf und zwölf auf dem Trafalgarplatz, unter der Säule Nelsons, gesehen, mitten unter dem Volk Englands, des großen Englands, das seine verhängnisvollste Nacht, die Nacht des vierten August 1914, die Nacht der Kriegserklärung an Deutschland feierte? Vier betrunkene Französinnen rafften ihre Röcke bis an die Hüften in die Höhe, warfen die Beine und tanzten, tanzten vor der Menge unten, die sich mit: »Vive la France!« Luft machte, mit Hurragebrüll und mit den wilden, betäubenden Schreien: »Germany! Germany!«

Aus den Klubs, den Musikhallen, den Theatern kamen Männer und Frauen in kostbaren, bunten Abendtoiletten herausgeströmt und verbrüderten sich durch Geschrei, Gestikulation, Fahnenschwingen und dem Ruf: »Germany! Germany!« mit dem Volk der Gosse, mit jenen oben auf dem Fundament und jenen unten um die Säule. Auf den Dächern der Taxameter saßen zarte, blonde Frauen mit Geschmeide im Haar und auf dem entblößten Hals und winkten über die sin-

genden, marschierenden Scharen hinüber zu den tanzenden
Megären und den betrunkenen, hemdärmeligen Strolchen,
die wahrhaftigen Gottes anfingen, kriegerische Gruppen und
lebende Bilder auf dem Säulenfundament oben zu stellen!
Verbrüderungsgruppen und Kriegergruppen, wie man sie in
Vorstadtvarietés von Bronzemännern und weiß angestriche-
nen Komödianten zu sehen gewohnt ist. Ein irischer Schläch-
tergeselle reicht einem pomadisierten französischen Zuhälter
in heroischer Pose die Rechte, und hinter den beiden hat man
ein lachendes, französisches Frauenzimmer in die Höhe gehoben – ihre Haare sind ihr über die Stirn heruntergefallen, ihre
Bluse ist aufgerissen, man sieht ihre Beine bis zu den Knien,
sie kreischt die Marseillaise –

Nachts um drei, es mag auch vier Uhr sein, fahren wir aus
unserem ersten kurzen schweren Schlaf auf. Über den stillen,
zu Tages- und Nachtzeit verlassenen lieben alten Platz zieht
ein johlendes Regiment tollgewordenen Gesindels zum deutschen Konsulat vorwärts. Lange hören wir durch die Nacht,
die keinen Schlaf mehr für uns hat, und die die erste von
vielen schlaflosen Nächten ist, das Wort, das eine Wort durch
die Nacht gellen: »Germany!!«

Erste Augustwoche in London

Wenn wir uns nach Jahren an die Schreckenswoche vom 4.
August bis zum Tage unserer Heimreise erinnern werden,
wird uns das Geschrei der Zeitungsjungen in den Ohren gellen und das stumme, hohläugige In-Reih-und-Glied-Stehen
der armen Rekrutenhekatomben vor den Augen verweilen. In
solchen Tagen regiert die Straßenecke die Weltgeschichte und
spiegelt sie zugleich wider. Man hört und sieht und beurteilt
die Welt aus dem Gesichtswinkel der Straßenecke, und es ist
der Platz, wo der Bürger zu stehen hat. Irgendwo in versteckten Downingstreets und Palastgemächern entscheiden un-
sichtbare Mächte über das Wohl und Wehe der Völker. Aber
der Mann, der nicht gefragt ist, vernimmt an der Straßenecke
sein Urteil und Geschick.

In London brüllten, jauchzten, verwünschten und logen sie an allen Straßenecken. Germany war noch immer das Wort, aber daneben tauchte ein neues auf, verbreitete sich über Stadt und Land, war in aller Ohren, in jedes Engländers Mund, und dieses Wort hieß: »mad dog«. Der tolle Hund!

Vorgestern hatte er Russland und Frankreich gebissen, gestern Belgien, heute Nacht England. Und wie es der Brauch ist, jagte das gehetzte und entsetzte Volk dem tollen Tier mit Schießprügeln und Gejohle durch alle Straßen und Gassen nach. An den Ecken herrschte der Terror der gelben Presse. Die ernsteren Zeitungen, »Guardian«, »News« mahnten anfangs noch zur Ruhe, zwischen Morgen und Abend aber schrien die Zeitungsverkäufer alle fünf Minuten neue und immer wieder neue Ausgaben der zwei, drei populärsten Halbgroschenblätter aus, die schon in Friedenszeiten ausschließlich aus dem Skandal ihr Gewerbe machen.

Vor Lüttich sind an einem einzigen Tag dreimal drei Riesenschlachten gefochten worden, alle Gefechte zugunsten der Belgier ausgefallen, das französische Heer strömt ungehindert durch Belgien nordwärts. Greueltaten deutscher Truppen in Belgien Spalten lang. Erst einen Tag vor unserer Abreise wagt sich die schüchterne Überschrift: »The mystery of Liège« in eine Zeitung; sie steht über einem Artikel, in dem die Einnahme der Stadt durch deutsche Truppen eingestanden ist. »Goeben« und »Breslau« beherrschen drei Tage lang das Gespräch und die Lektüre der Bevölkerung. Am ersten Tag heißt es: Sie sind in die Enge von Messina geflohen, am zweiten (wörtlich): »Das todgeweihte Paar verlässt den Hafen zu seinem letzten Gefecht!«, am dritten (wörtlich): »Die beiden deutschen Schiffe haben, nachdem sie in Messina Kohlen eingenommen, ihren Kurs in östlicher Richtung fortgesetzt.« Und das ist das letzte, was von »Goeben« und »Breslau« in englischen Zeitungen zu lesen steht. Derweil steigen die Verlustziffern der Deutschen ins Schwindlige. Dreistellige Zahlen verwandeln sich durch Addition (der fremden Verluste), durch Multiplikation (mit unbekannten Nennern) in vierstellige, fünfstellige. Die nachfolgenden Truppen mussten Leitern an die Berge von Gefallenen anlegen, um auf die andere Seite der Straße hinüberzukommen. (Leitern! Ich habe es selbst gelesen, und es war noch eine der gemäßigten Vorstellungen, mit denen sich die Phantasie der gelben Presse beschäftigte! Die drei englischen Minister, die aus Abscheu vor der Haltung Englands ihre Ämter niederlegen, Morley, Burns und Trevelyan erhalten einen Nachruf von insgesamt einer halben Spalte in den Zeitungen ihrer Nation. So verscharrte das große Britannien in diesen Tagen seine Gefallenen ...)

Allmählich konnte man mit ansehen, wie sich die Aufregung aus den tiefsten Schichten der Bevölkerung ihren Weg in die höheren bahnte. Gleich einer erhitzten Luftwelle schwoll eine betäubende Hirnverbranntheit über Stadt und Menschen aufwärts. Noch hieß es wohl: Ihr Deutschen, ihr Österreicher, lest unsere Zeitungen, lest, wie englische Männer und Frauen in Deutschland behandelt werden und vergleicht damit unsere Höflichkeit und die freundliche Gesinnung, die euch hierzulande entgegengebracht wird. Aber zwischen den Pflastersteinen an den Straßenecken begann eine giftige Hysterie aus dem Boden hervorzuwuchern, und das Bild veränderte sich zusehends. In unserem feinen, gebildeten Boardinghouse genossen wir von den Engländern und Englisch sprechenden Mitbewohnern Rücksicht und Gastfreundschaft. Aber manch einer und manch eine brachte von der Straße schon einen Zug um den Mund und ein Licht in den Augen heim, die dem Fremden von den Gesichtern der Straße so wohlbekannt waren und deren Deutung keinen Zweifel zuließ. Denn in unmittelbarer Nähe unseres alten Platzes erhebt sich der vielstöckige Palast der Vereinigung christlicher junger Männer, und dieser Friedensbau war über Nacht in eine Kaserne verwandelt worden.

Vor dem Hause auf der Straße, in den weiten, mit Bibelsprüchen gezierten Schlafsälen, den Speisesälen und Andachtsräumen, in allen Stockwerken wurde exerziert. In den frühen Morgenstunden tönten Trompetensignale herüber zu uns in unser graues Zimmer, dem der Schlaf den Rücken gewandt hatte. Kommandorufe waren früher zu hören als das Gerassel des ersten Omnibus. Da standen von Sonnenaufgang an die Hekatomben in Reih und Glied. Junge unschuldige, blasse und unterernährte Männer, weniger die Not des Vaterlandes als die Not der eigenen schweren Existenz auf alle Gesichter aufgeprägt. Die Hoffnung, sich etliche Wochen lang satt zu essen, Arbeit und Ansehen zu haben für eine Frist, wenn auch nachher nichts mehr kommen sollte, so standen sie da, die erdfarbene Uniform über den Leib gezogen, die Flinte in der Hand. In welcher Hand? Der rechten oder linken? Das erfuhren diese jungen Männer erst im Laufe des Vormittags, zusammen mit einigen Anweisungen über die Kunst des Marschierens. In den Nächten pfiffen die Züge, die sie ihrer Bestimmung zuführten.

Ich sah einen solchen Trupp durch die Straßen marschieren. Sie hatten Pfeifen im Mund, die Armen, nur wenige waren unter ihnen, denen man es ansah, dass sie einmal auf einem Fußball- oder Tennisschlachtfelde ihren Mann gestellt hatten. Kränkliche Stubengesichter und hohe Pultschultern. Die Schultern taten ihnen weh vom Gewicht des Gewehrs, das sie oft von rechts nach links hinüberlegten, wobei der Hintermann seinen Kopf zur Seite werfen musste, um nicht gestoßen zu werden. In Reihen zu Sechsen schlenderten sie dahin. Plötzlich kam Takt in ihre Füße. Vor einem Haus stand ein italienisches Weib mit einer Drehorgel und drehte die Marseillaise. Da hatte mit einem Mal die Hekatombe das Marschieren erlernt.

Stundenlang sah ich mir die Gesichter der Zivilisten an, die auf den Bürgersteigen diesen improvisierten Waffenübungen zuschauten. Alle Zeitungen sangen Tag für Tag ihre Lobeshymnen über die Rekruten, die sich meldeten, um die halbe Million voll zu machen, die Kitchener brauchte. Auf dem Gesicht des Londoner Bürgers aber las ich nichts wie Verblüffung und Mitleid. Und ich glaube, das waren noch die feinsten Gesichter, die man in diesen Tagen auf den Straßen leben konnte. Denn auf vielen, vielen lag ein Ausdruck, der zu besagen schien: überzahlen wir diese Leistung ober kommen wir auf unsere Kosten? Und auf den meisten lag nur Wut und gedrückte Erwartung.

Jedermann, der nicht deutsch oder österreichisch zur Welt gekommen war, trug irgendein Fähnchen im Knopfloch. Jeder, der einen ohne Fähnchen sah, veränderte unmerklich sein Gesicht, wurde aufmerksam. Wie eine Pest war das Spionenfieber in dieser toleranten, jedem Fremden offenen Stadt ausgebrochen. Mit bedrucktem Papier wurde die Epidemie wacker geschürt. Nur die anständigsten Zeitungen gestanden es ein, dass sich Polizei und Mob einmal auch geirrt hatten. In den Restaurants sprangen die Kokotten auf die Tische und verlangten die Marseillaise zu hören. Die Italiener sangen aus voller Tenorbrust die Melodie der englischen Nationalhymne mit, deren Text ihnen unbekannt war. Trommelschläge aus einer Querstraße. Auf den Omnibussen springen die Leute auf, schwenken die Hüte, aus Häusern und Läden stürzen Leute barhaupt auf die Straße – ein fünfjähriger Knirps hat sich eine Margarinebüchse aus Blech um den Hals gehängt und kommt, mit Holzstückchen lebhaft trommelnd, feierlichen Ernst auf dem ungewaschenen Gesichtlein, aus der Querstraße heraus.

Zwischen dem gellenden Tag und den schlaflosen Nächten, von tausenderlei Drangsal hin und her gestoßen und gezerrt, von den entsetzten Augen unserer Bekannten, unserer Pensionsgenossen, denen wir gesagt hatten, wir wollen, müssen heim, gequält und beobachtet, vage, haltlos und vom Verlangen nach dem Zuhause verzehrt, lebten wir ein paar schreckliche Exiltage durch. Ohne Nachricht von Freunden und Verwandten daheim und vor der Front. Verschollen selber in der Weite. Derweil das schwellende Gebraus eines aus den Fugen gebrachten Volksgewissens mitzuerleben, mit anzusehen, wie Lügen die Gesittung, Wert und Kraft eines hohen Stammes umzubiegen, niederzubrechen anfangen – denn das muss laut gesagt sein: inmitten der Lügen, der niedrigen Geschäftemacherei einer feilen Presse, der Schliche und Verdrehungen, gespielten Empörung der Diplomaten und des kläglichen Dünkels der Schöpfer einer »neuen großen englischen Armee« wand und krümmte sich der lautere, tiefeingewurzelte religiöse Sinn, die vor Gott und Menschen andächtige Weltanschauung des w a h r h a f t e n englischen Volkes.

Ich habe gesagt, dass alle Fahnen, fast alle Fahnen der neutralgebliebenen und der alliierten Nationen im Knopfloch und auf den Dächern, in den Fenstern und auf den Gefährten der Londoner zu sehen waren. Frankreichs, Belgiens, Italiens Fahne, Hollands Fahne, die Fahne der Schweiz und die Fahne Portugals wehten an allen Ecken und Enden. Eine Fahne allein fehlte. Von allen Nationen, die in freundschaftlicher Neutralität verharrten, von allen Nationen, mit denen sich der Engländer in seinem Kampfe gegen Deutschland verbündet fühlte, mit Recht oder mit Unrecht verbündet fühlte, fehlt nur eine, eine einzige.

Gewiss, das war nicht das große, tiefe und entrechtete Volk Russlands, dessen Namen den Engländer verstummen machte, dessen Fahne ihm Röte aufs Gesicht trieb. Die Faust, die das arme Volk über die Grenzen Ostpreußens vorwärts stieß, den Seen zu – der Engländer verstand es gut, wen er meinte, wenn die Scham über ihn kam.

Zu Ehren des englischen Volkes und zum Schimpf der Machthaber Englands schreibe ich es hier nieder: ich habe in dieser ersten Augustwoche in London nicht eine russische Fahne wehen gesehen, habe nicht einen einzigen Engländer gesprochen, der nicht die Augen niedergeschlagen hätte, verstummt wäre, sobald ich den Namen Russlands aussprach. Und vielleicht war dies der tiefste Eindruck, den wir beiden Exilierten aus dieser ersten Augustwoche mit uns nahmen, heim aus dem feindlichen Land, in die Heimat und in die Zeiten, die kommen sollten.

11. August, morgens. Auf den Stufen der Treppe, die hinunter zum kleinen Square mit seinen schönen alten Bäumen führt, stehen unsere Hausgenossen und geben uns das Geleit. Der Schutzmann, unser braver Riese von einem Schutzmann, ist von der Ecke heruntergekommen, da er uns mit unserem Koffer auf dem Pflaster stehen sieht. Er schüttelt und schüttelt meine Hand, und sein breites, ehrliches Gesicht ist ganz rot vor Rührung: »Sie fahren nach Deutschland zurück? Warum? Bleiben Sie hier. Hier wird Ihnen nichts zuleide geschehen. Wenn Sie erst daheim sind – o, Sie werden es bereuen! Niemand hat hier den Krieg mit Deutschland gewollt! Bleiben Sie hier, ich rate Ihnen gut!«

Der Wagen verspätet sich, und wir stehen im Kreise all dieser freundlichen Menschen; es sind alles unsere Feinde, Engländer allesamt.

Sie haben die Morgenblätter gelesen, und ihre Gesichter drücken Angst und Kummer um uns aus. Der Herr aus

Barbados spricht: »Der Kanal ist voll von Minen. Wenn Sie erst heil in Holland sind!« Der alte Offizier greift mir an die Schulter. Er hat den Krieg im Sudan mitgemacht, kränkelt seither und fühlt sich in seinem Pensionszimmer längst zu nichts mehr nutze. »Hätte ich es gestern gewusst, dass Sie reisen, ich hätte Ihnen aus unserem Warenhaus ein paar Dutzend von den kleinen Kapseln mit Pepsin mitgebracht. Schauen Sie her: hier – ins Futter unseres Waffenrocks hatten wir sie eingenäht, bei uns getragen. Jeden Tag lösten wir eine in Wasser auf und waren dann satt für den ganzen Tag. Im Notfall aber tut's eine halbe auch!« Oben, auf der obersten Stufe, sprechen Mrs T. und Miss R. miteinander: in Berlin gibt's ja überhaupt kein Fleisch mehr – in Hamburg keine Eier – in Köln leben sie von verdorbenem Speck! Im Haus liest man die »Daily Mail«, die »Times«, den »Star« …

Aus dem Flur kommt unsere liebe alte Kanadierin, Mrs. Bradlock, und schwingt ein Papier in der Hand. Sie hat mir den Namen und die Adresse ihres Brudersohns in Ostpreußen aufgeschrieben und hat mein Versprechen, dass ich mich, eh der Krieg um ist, nach ihm und seiner Familie umschauen werde.

Alle sind gut und freundlich zu uns, aber die liebe alte Kanadierin ist mehr. Mit einem Lächeln ihres gesunden Mundes zerbläst sie die Zeitungsschwaden in der Morgenluft und sieht mit einem Aufleuchten ihrer klugen Augen zu, wie die letzten Atome in der Sonne zerstieben. »In solch großem Land wird es noch Fleisch und Milch geben. Wenn's in Hamburg keine Eier mehr gibt, so schicken die Kölner welche, und wenn's in Berlin kein Fleisch mehr gibt, so gibt's dort noch Salz genug und in Potsdam Pfeffer für euer Brot! Be good! Vergesst nicht, dass wir alle Brüder und Schwestern sind vor Gott, und wenn ihr mal nach Manitoba kommt, so lasst von euch hören!«

Der Wagen ist zur Stelle, das Dienstmädchen steigt aus und glättet ihre Schürze. Im Fenster erscheint Miss Carolines gutes altes Mädchengesicht. Phoebe, die Katze, steht auf dem Fensterbrett und zieht einen Buckel. Der alte Soldat kommt ganz nah an uns heran, wahrend wir seine Hände schütteln. Leise, als schäme er sich, sagt er es nach: »Brüder und Schwestern alle!« Die anderen winken und rufen: »Gut Glück!« und wirklich, der Mann aus Barbados, den wir erst seit sechs Tagen kennen, hat nasse Augen.

Während der Wagen um die Ecke biegt, hören wir's noch in den Ohren klingen: »Be good! Seid gut!«

In Ostpreußen

Der Bahnhof von Thorn

Auf dem Zettel, den uns die liebe alte Mrs. Bradlock aus Manitoba vor sechs Wochen bei unserem Abschied aus London in die Hand gedrückt hatte, stand das Bauerngut der Familie Brodlauken: »Grüdshöfchen« benannt, im Kreis Darkehmen gelegen. Jetzt finde ich beim Buchhändler auf einer Eulitzschen Spezialkarte das Gütchen auch; es liegt nicht weit von der Stadt Darkehmen, beim Zusammenfluss der Bäche Schaltinn und Ragawitze, am Fuße einer lang hingestreckten Hügelkette; hinter dieser liegen etwas höhere Hügel, die Kucklinsberge genannt. –

Es ist nicht so leicht, in jene Gegend hinaufzukommen. Auf dem Bahnhof Friedrichstraße heißt es am Vormittag: der Mittagszug nach Königsberg wird fahrplanmäßig abgelassen. Aber wie ich mittags in der Reihe vor dem Schalter stehe, wendet sich der erste in der Reihe um: der Mann hinter dem Schalter hat soeben Nachricht erhalten, man kann nur bis Schneidemühl fahren. Die Linie Bromberg–Thorn ist frei, und so fahre ich nach Thorn. Vielleicht geht's von dort durch das Kulmerland nordwärts, hinauf. Wahrscheinlich ist's ja nicht, denn der erste Einbruch der Russen ist eben abgeschlagen, die Bahnen im Osten verwüstet. Es ist die letzte Woche des September.

Herbstland hinter den Scheiben; friedliche Radfahrer auf trockenen Landstraßen; weiße Nebel um Ziegelhäuser; kleine gebückte Menschen verstreut auf Kartoffeläckern; ein rotes Feuerchen über schwarzem Laub. Die Luft sickert blau in alle Gegenstände und verblasst weit hinten zu einem Milchhimmel. Wie schön könnte alles sein, wären einem Herz und Sinn nicht vergiftet. Jedes Gebüsch, der Straßengraben, die Windmühle, das Häuschen und sogar der Nebel drüber hat ja plötzlich seine strategische Bedeutung erhalten, das Herbstland dehnt sich zynisch dahin mit einer Gebärde: komm ran! Wie sieht man das Land an! –

Auf der Landstraße hinter einer größeren Stadt eine viereckige Wolke von feldgrauen Rekruten. Aus dem kompakt zusammengetriebenen Menschenwürfel lacht oben ein roter Streif, breite, erhitzte Bauerngesichter, zu den vorbeisausenden Waggonfenstern herüber. – Der Schaffner schiebt die Tür zurück: Fenster schließen, Vorhänge zu – eine Brücke! Da ich dem Fenster zunächst sitze, sehe ich durch einen fingerbreiten Spalt im Vorhang die gutmütigen bärtigen Landwehrleute unten, mit ihren alten lackierten Helmen aus der Napoleonszeit. Der erste schießt in die Luft, Warnungsschuss, der zweite, fünfzig Schritte weiter, dito. Zwei trockene Knalle, wie aus Kinderpistolen, Kriegsgeräusch. Der dritte Rotbart schießt nicht mehr. Bald ist das Eisenklirren vorbei, und die Vorhänge gehen auseinander vor dem Friedensland. Friedensland, aber nicht lange – ein anmutiger Hügelabhang mit Laubwald oben ist plötzlich mitten entzwei, und zwischen Stümpfen und Stoppeln von ungleich abgehackten Bäumen klettert blitzender Stacheldraht, kreuz und quer gespannt zum Bahndamm hinunter. Etwas weiter weg ziehen sich aufgedeckte Maulwurfsgänge, mit Sandsäcken belegt, längs des Damms hin, fidele rotbärtige Landwehrköpfe qualmen unter schwarzlackierten Napoleonshelmen ihren Knaster zu uns hinauf.

In die Festung Thorn kommt keiner hinein, der dort nichts zu suchen hat. Auf dem Bahnhof aber gibt's mehr als genug zu sehen. Enorme Truppentransporte schon den dritten Tag von Tilsit bis hinunter nach Galizien; die ganze riesige Strecke eine ununterbrochene Kette von Zügen. Im Bahnhof Thorn steht einer aus sechzig Wagen, draußen wartet, kaum hundert Schritte weit hinter dem letzten Wagen, die Lokomotive des nächsten Zuges darauf, mit nochmal sechzig Wagen hereinfahren zu können.

Auf den Wagen gibt's keine Kreideinschriften mehr zu lesen. Auch auf den Gesichtern steht nichts mehr außen draufgeschrieben, wohl aber hat sich manches Inwendige rücksichtslos hervorgedrängt an die Oberfläche. Alle Uniformen, einst grau, sind bunt wie Herbstlaub vom Regen, Schweiß, Kot, Blut. Musketiere, Pioniere, Jäger, Ulanen tragen erfrischt, gesättigt, ausgeschlafen und mit Wasser und Seife gewaschen ihr grenzenloses, fast ironisches Behagen an dem abenteuerlichen Zustand der Sauberkeit, Sattheit, Rasiertheit zwischen Schlacht und Schlacht zur Schau. Die aber in den hinteren Wagen in tiefem Schlafe liegen, auf dem Stroh zwischen Pferden, den Kopf fast heraushängend aus den klaffenden Wagentüren – ihr Schlaf ist so tief, dass ihm Fahrt, Halten, Schwatzen der Bahhofsmenge, Lokomotivengestöhn und Hornsignale nichts anzuhaben vermögen – diesen ist mürrisch und hart die Erschöpfung auf die eingesunkenen Gesichter aufgepresst. Eisern und zornig steht, wie eine Schildwache vor dem Quartier, der beleidigte Schlaf vor der missbrauchten, über die Grenze des Erlaubten angespannten Menschenseele.

»Sie geben wenigstens mit vollen Händen!« Die junge Jüdin vom Roten Kreuz hat zugesehen, wie ich die einzige Handvoll Zigaretten, die ich besaß, in einen Viehwagen hineingereicht habe, wo zwei blasse, junge Ulanen stumm und mit stierem Blick auf dem Stroh hocken. Die junge Jüdin hat ein Tablett vorgeschnallt, reicht jedem der Soldaten mit den Fingerspitzen zwei Thorner Lebkuchen, zwei Pfeffernüsse, eine schwarze Zigarre hinein. Gefällt ihr einer besonders, erhält er drei oder gar vier. Die beiden Todmüden, Erloschenen im Wagen vor mir greifen mechanisch zu, werfen alles in ihre Kappen, die sie im Stroh neben sich haben, murmeln Dank, sehen uns kaum, nicht mich, nicht die Rote-Kreuz-Dame, nicht die vorüberdrängende Menge, die den Kopf in jeden Wagen hineinsteckt, als führe hier eine reisende Menagerie durch.

Zwischen den Leuten aus der Stadt drängen sich Gymnasiasten mit bunten Mützen. Mit flinken Blicken durchstöbern sie die Strohlager nach Beutestücken hier gibt's russische Gewehre, Bajonette, Achselklappen, kuriose, asiatische Trensen, verzierte Messer in Scheiden zwischen dem Stroh, die Pferde sind an quergesteckte Kosakenlanzen gebunden, die müden, kopfhängerischen, langsam scharrenden Pferde im Dunkel der Wagen ...

Flink huschen die Buben den Zug entlang, mit Groschen in den geballten Fäusten. »Kiek, ick hab 'n Kosaken im Stroh!« Ein kleiner Musketier kriegt den neugierigen Sextaner beim Kragen und scheuert ihm das Kinn den Wagenboden lang. Die unten vor dem Wagen lachen, der Musketier spuckt seinen Tabaksaft in den Wagen hinein und fährt in seiner Erzählung fort vor der aufhorchenden Menge.

Vor jedem Wagen stehen Leute und hören einem grauen Kriegersmann zu, hören mit aufgesperrten Ohren und Augen brühwarme, vorgestern passierte Begebenheiten, Erlebnisse, Kriegslatein an, aber das ist gar nicht nötig, die Wahrheit klingt lateinischer.

»Drei Tage hamer jelegen im Polnischen und nischt zu futtern als Tee! Zum Friestick und zum Abendbrot Tee jefressen und sonst nischt. Und wenn eener 'n Streichholz ufjetrieben hat, hamer Tee jeroocht. De Viecher dadrin ham sich die Mähnen anjeknabbert vor Hunger. He, Freiln, 'n Honigkuchen for'n Fünfer!« Die Leute machen Platz und ein Roter-Kreuz-Arm schiebt sich zum Musketier vor.

Hinten, gegen das Ende des Zuges, wo die Pferdewagen aufhören und die offenen Plattformen mit draufgestellten Automobilen, Pontonkähnen, Munitions- und Protzkasten anfangen, sind zwei große Hörerkreise versammelt. Ein hundsjunger, baumlanger Ulan sitzt auf seinem Viehwagen und baumelt mit den Beinen, nebenan spaziert oben ein lederbekittelter Chauffeur vor seiner Motordroschke auf und nieder. Über die Köpfe ihres Publikums weg schielen die beiden zuweilen zueinander hinüber wie neidische Schaubudenbesitzer auf einem Jahrmarkt. Das ist für lange Zeit die letzte Berührung mit dem Zivil, dem Bürgerstand, der von nun an zuhören wird, weil er mit keinem eigenen Erlebnis einem in die Rede fallen kann – ja, jeder von diesen Grauen, diesen Aufgestachelten oder Erschöpften, jeder von all den noch Lebenden da oben hat inmitten des Kugelschauers, Schrapnellplatzregens und Granatenschlags einmal an den Augenblick gedacht, in dem Münder um ihn offen stehen werden. Im Vorüberfliegen genießt er jetzt eine geringe, bescheidene Abschlagszahlung auf die lange Zeit des Friedens nachher, in der er das große Wort führen wird, daheim beim Biertisch.

Der Automobilführer ist der Spaßmacher seiner Kolonne oder Kompanie. In seinem dankbaren Zuhörerkreis sind einige Damen vom Roten Kreuz, und da dem Lustigen vor allen anderen die Herzen der Menschen gehören, heimst er fünfmal so viel Lebkuchen, Pfeffernüsse, Butterbrote und Zigarren ein als die Unwirschen, die Todmüden, die Eifernden und sogar die mit leichten Verbänden Einhergehenden ringsum.

Er paradiert auf und ab, tätschelt seine Maschine, wie ein braves Ross, haucht mit humoristischer Umständlichkeit auf die Türklinke seiner Droschke, horcht vorne an der Kurbel, ob sein Ross gesund ist, und zwinkert zufrieden zu uns hinunter, das Ross ist gesund.

Es ist aber gar kein Ross, sondern die Zentralheizung, hinter die ein leibhaftes Hotel gespannt ist! Hotel de la Wacht am Rhein; er macht die Türe auf: Betten mit Sprungfedern, ein bisschen krumm liegt man, aber wenn man sich daran gewöhnt hat, ist's ein Hotel ersten Ranges! Nur weiß man nicht recht, wie man es benennen soll, in Frankreich hat es einen anderen Namen gehabt und in Flandern einen anderen, in Polen einen und in Ostpreußen einen, und jetzt in Galizien wird es wieder einen neuen kriegen und wenn man nächstens nach Serbien geschickt wird, muss man es wieder umtaufen. Der Einfachheit halber wollen wir's »Pankower Hof« taufen, da ist es her, meinetwegen kann der Krieg noch fünf Jahre dauern, warum nicht gar nach Kiautschau!

Wenn das Galgenhumor ist, so merkt es doch keiner um mich. Und es merkt auch keiner das Gespenst zwischen dem Witzbold und sich selber. Es ist das Gratisvergnügen, das jeder dankbar genießt, woher es auch komme, und in dem Gelächter ringsum verrät sich die unergründliche Gefühlsträgheit, gedankenlose Langmut und das unterwürfige Geschehenlassen des Menschenvolkes, unter dem man lebt ...

Der Ulan nebenan arbeitet mit handgreiflicheren Mitteln. Er ist ein Milchgesicht von kaum neunzehn Jahren, mit ganz dünnen muskellosen Armen, an denen fettigrote, Sommer und Winter aufgesprungene Kolonialwarenkommisshände herunterschlenkern. Zwischen dem Daumen und Zeigefinger sitzt tief in den Poren das blaue Mal vom Hantieren mit der Flinte, und kämpft mit den Merkzeichen des bürgerlichen Berufs auf der gestikulierenden Rechten einen sichtbaren Kampf aus. Der Junge sieht mir Neuangekommenem über die Köpfe der Leute weg ins Gesicht: »Und wer hat das Eiserne Kreuz gekriegt? Dafür, dass ich alleene das Saunest ausgehoben habe. Vorigen Sonntag habe ich selber Stücker siebzehn kalt gemacht, bei Wieheißtdetdoch in der Polackei. Kommt man in die Nähe – Hände hoch, die ganze Bande. Siebzehne, pikfeine Kerle, Garde! Einer, ein Leutnant, ein feiner Mann, ein junges Kerlchen, Deutsch hat er gesprochen wie ein Berliner – auf den Knien vor mir: ich soll ihn leben lassen – aber dahinter sitzt dann einer mit einem Maschinengewehr, hastenich gesehen – tack, putz weg, hier ist seine Reitpeitsche!«

Und der hübsche, blauäugige Junge zieht eine messingbeschlagene Gerte mit kurzer, breiter Lederzunge aus dem Stiefelschaft: »Letzten Sonntag – auf den Sonntag haben's die Schweine abgesehen …«

Von der Automobilplattform her tönt Gelächter. Vor mir lachen auch welche über den Witz, dass die Russen es auf den Sonntag abgesehen haben, um sicherer in den Himmel zu gelangen. Vorn wo die Offizierswagen stehen, trompetet es: Einsteigen! Mit einer Reckwelle ist der Milchbart über die Querstange in seinen Viehwagen hineingeturnt, wo seine beiden Fahrtgenossen zufrieden schmauchend im Stroh zwischen den Pferden hocken.

Die Wagen füllen sich, die Bahnhofsmenge tritt zurück, ich gehe den Zug entlang vorwärts. Das sind also die Mitmenschen, mitten in der Ausbildung des Kriegshandwerks überrascht. Menschen, unter denen man gelebt, sich brüderlich, sicher, geborgen und zusammengehörig gefühlt hat. Kinder einer Welt, über die Liebesrufe, Hoffnungsströme hinweggestrichen sind von Kontinent zu Kontinent, über alle Grenzen der Länder weg, brüderliche Worte aus allgemeinverständlichen, über alle Sprachen erhabenen Lautgebilden, Worte des Verstehens, warm aus dem Herzen heraus, wie Brot aus dem Ofen, Nahrung der Kinder der Erde. Immer weniger dachte man an Grenzen, Trennung, Erziehung, schlug Brücken, überall lebten Gewissen, hörte man die Stimmen der Guten schon laut über dem Getöse der nur Lärmenden – Mitmenschen, Tür an Tür, alter Geschicke ineinander verflochten, hinüberlangende, ineinandergreifende Hände, eine Kette von Blicken aus Auge in Auge, froh und teuer, voller Hoffnung, auf Zukünftiges!

Viele sagen: lass doch die Menschennatur auch diesem ihrem Befehl gehorchen. Irgendwie erduldet sie im Frieden Missbrauch. Sieh zu, wie verzärtelte Naturen im Krieg erstarken durch die Pflicht, Handlungen zu begehen, die im Frieden verpönt sind. Wie vielen Menschenleben, die in der dumpfen Alltagsfron dahingekrochen sind, ist jetzt mit einem Schlag wunderbare Freiheit gegeben worden, aufzublühen, unterzugehen, der Tag der Kraft ist angebrochen!

Was ist's mit jenen, die jetzt plötzlich im Krieg ihr wahres Lebenselement, ihre Atmosphäre gefunden haben und die in der Friedensluft losgelassen und schnuppernd umherrennen werden? Wohin mit der Autorität der Menschen, die sich im Kriege bewährt haben, wie werden daneben die Werke der Friedenszeit gedeihen und ungefährdet stehenbleiben können, alles, woran man gearbeitet hat – bis einem eines Tages die Augen aufgegangen sind! Von heute auf morgen hat die Pflicht ihren Pol verlegt, wie soll sie zurück in ihre verlassene Stellung? Was wird Pflicht genannt werden dürfen fortan, was ist es mit dem Mitmenschen? Was war es, was wird aus uns allen werden auf dieser Erde?

Durch den ganzen Zug, der sich in Bewegung gesetzt hat, pflanzt sich Gesang fort, von Wagen zu Wagen. »In der Heimat ... in der Heimat ...« Immer rascher fährt der Zug. Aus dem letzten Viehwagen vor dem ersten Automobilwagen, aus dem Wagen, in dem der junge, baumlange Ulan sitzt, reckt sich oben, durch eine offene Luke an der Seite der Kopf eines Schimmels heraus.

Im schmutziggelben Fell stehen die Nüstern rot, wie blutunterlaufen. Die Augen blicken, groß und glasig, voll von einer unbeschreiblichen Gier, aufwärts, über die Köpfe der Menschen weg zum Himmel empor. Die Seele des Tieres, die Vernunft der lebenbegabten Kreatur, ja unser aller Gott ist in diesem Blick, den das zu Leben und Tod verdammte, vom Schicksal auf du und du mit dem Menschen gestellte Wesen nach oben richtet.

Aus dem erschöpften, von Zaum, Hunger und Angst gepeinigten gelblichweißen Tierantlitz schwillt ein Blick ins Freie, Hohe hinauf, über die Köpfe alter Menschen hinauf. Die ganze grenzenlose Hoffnungslosigkeit der Kreaturen

starrt aus den großen, schwarzen Glaskugeln, hinter denen
ein unergründeter Funken glimmen muss.

Plötzlich erinnere ich mich daran, was die Dakota-Indianer von den Tieren behaupten: dass diese genau im voraus wissen, wann sie sterben werden. Lange sehe ich dem Tierkopf nach, der gegen Himmel schaut.

Der Zug ist zum Bahnhof hinaus. Schon stampft eisern und beladen der nächste, der draußen gewartet hat, herbei. – Um neun erfahre ich, die Strecke Allenstein–Darkehmen bleibt für den Passagierdienst auf unabsehbare Zeit gesperrt, aber heute nacht gibt's Anschluss von Dirschau nach Königsberg.

Tapiau

Vor dem östlichen Tor der Festung Königsberg ist das Land unter Wasser gesetzt. Die Chaussee, über die unser Automobil nach Osten fährt, zieht als schmaler Damm zwischen einem See zur Rechten, einem zur Linken ins Land hinaus. Wild platscht der Regen uns aufs Dach, die Pfützen springen wütend in die Höhe, die Wasserschnüre aus den Wolken stoßen tiefe Löcher in die Seen wie in Siebe. Eine Stunde hinter Königsberg kommt Tapiau in Sicht, und während der drei, vier Minuten, die wir brauchen, um den Ort zu durchqueren, kommt mir der erste Anblick, der erste leibhaftige Schrecken des Krieges wie ein von Osten gegen Westen übers Land fegender Eissturm in alle Sinne entgegengeflogen.

Im Leben werde ich den Hügel mit dem weißen Stein über den verkohlten Balkentrümmern nicht vergessen, da war er: der Krieg. Es war aber zugleich das Grenzmal des Krieges – denn bis hierher waren die Russen gekommen und weiter nicht. Der weiße Stein war ein Mühlstein, die schwarzen Balken waren die Reste der niedergebrannten Windmühle. Von Feuer und Regen zermorscht, waren die Trümmer fast wieder Erdreich geworden, aber hart und bloß, leuchtend unter dem Himmel lag der Mühlstein wie ein tragischer Meilenweiser da zum Beginn der Fahrt.

Hinter den Gebüschen des Hügels ragte ein schiefzerschossener Holzturm, der Turm der Besserungsanstalt in die Höhe, die angebrannte weiße Fahne mit dem roten Kreuz auf der Spitze; der eine Arm des Kreuzes rot heruntergeflossen übers Tuch wie ein Blutstrom. In der Fahrtrichtung über Bäumen wie zwei blutige Schwurhände mit geschlossenen Fingern in den Himmel ragend: die nackten, zickzackig aufstrebenden Seitenmauern des Rathauses im Ordensstil, die Ziegelmauern bloß, das Dach ist im Keller.

Vor dem »Armen Lazarus« stehen Leute. Es ist dies ein Wirtshaus, dem nichts geschehen ist. Der Gasthof zum »Schwarzen Adler« dafür ist ausgeräuchert wie ein Fuchsloch. Breite Rußzungen aus den Fensterhöhlen der Post daneben; der Briefkasten an der Seite von einem Kolbenstoß eingehauen. Wie durch die Türmestadt San Gimignano bei Siena fährt man durch eine niedergebrannte Straße, in der von den Häusern bloß die Schornsteine übriggeblieben sind; es ist keine Straße von Fabrikschloten, sondern wie Erosionskegel, aus fester Materie geschaffen, von denen tausendjähriger Sturm und Gewitterregen alle weicheren, morschen Gesteinsarten herabgeschwemmt, zerfegt hat, stehen die Schornsteine da, an denen allein die Höhe der vernichteten Menschenheime noch abzulesen ist; denn das Feuer hat vor den Herden haltgemacht.

Am Ende der Straße ist ein hübsches ebenerdiges Haus ganz pockennarbig geschossen von Gewehrsalven. Tausend kleine graue Blattern sitzen in der weißen Frontmauer, die Fenster aber sind bereits heil, aus ihnen blicken blanke Kindergesichter unserem Gefährt nach.

Hinter der geflickten Brücke über dem Fluss beginnt der Forst. Es regnet nicht mehr, der Himmel über dem Forst ist blau und weiß. Hast du schon einmal einen zusammengeschossenen Wald gesehen? Und kommst du auch geradeswegs aus einer vernichteten Stadt von Menschenheimen, das Herz wird sich dir zusammenkrampfen im Leibe, wenn du die wüst zur Seite niedergeknickten, nicht vom Blitz zersplitterten, nicht von der Axt gefällten, mannsbreiten Stämme erblicken wirst, wie sie lange, gelbliche Späne aus der wunden Flanke steil in die Höhe strecken. Andere haben, wo ein tiefes mürbes Loch im Waldboden den Schlag der Granaten zeigt, ein Tor in ihr Holz geschlitzt bekommen. Das Laub auf den Zweigen in der Höhe weiß es noch nicht, ahnt nur fröstelnd im spärlichen Säftekreislauf, was ihm unten nahe bei der Wurzel geschehen ist, was über sein Schicksal verhängt worden ist. Die Tannen sind hin, und die Laubbäume werden keine neuen Blätter mehr tragen im Frühjahr. Und aus den Höhlen im Wald, wo die Wurzeln sich verästelten, aus den krummen Erdfestungen, den zerrissenen Stachelverhauen, den zerstoßenen Laufgräben und Unterständen sind die Väter, Verlobten, Stammhalter und Ernährer längst weggetragen und verscharrt worden.

Hier und dort, an einer Wendung der Straße, taucht ein Mensch hurtig im Gehölz unter, verschwindet ein flackerndes Augenpaar wie das böse Gewissen vor dem Anblick der Offiziere und Karabiner in unserem Wagen, seitlich unter dem Erdboden.

»Hier war gestern noch ein Helm auf dem Kreuz!« sagt der Chauffeur, der bisher schweigend neben mir gesessen hat.

Es ist ein Holzkreuz am Wege. Es steht über keinem Hügel, glatt deckt der Boden den Dagebliebenen zu, den, der nicht mehr weiter gekonnt hat. Überall am Wege stehen noch solche Kreuze, römische und die mit dem geraden und schiefen Arm. In einem solchen, russischen, steckt noch ein Bajonett tief ins Holz hineingestoßen. –

Zwischen dem Straßengraben, der voll von schwarzen Hemdfetzen, Konservenbüchsen, Papyrusschachteln, blauen und grünen Geschosshüllen ist, zwischen dem tiefen Straßengraben und den aufgeworfenen Schotterhügeln, die nur notdürftig wieder in die Granatenkrater zurückgeschüttet sind, bewegen sich Wagen von zurückkehrenden Flüchtlingen vorwärts. Eben holen wir einen ein, fahren an ihm vorbei. Hinter den bunten, triefenden Zelttüchern erscheinen im Fluge stumpfe Gesichter, alte, jüngere, neugierige Kindergesichter und die im Schatten innen ganz versunkenen der Greise. Unter den Planen häuft sich Gerät, kommt ein Gitterkäfig, eine Lattenkiste mit Kleinvieh zum Vorschein.

Zu beiden Seiten der Chaussee dehnt sich das fette, hügelige Ackerland mit kleinen Buschflecken, über Flussläufe geht es weg, durch kleine Dorfstraßen mit langgestreckten, ebenerdigen Häusern, die verlassen, zugeschlossen sind; Hausgerät liegt vor der Schwelle auf der Straße umher; Spuren von Bränden, Plünderung, Gefechten; zwischen den dunklen Rändern der zerwühlten, von Feuerpflügen aufgerissenen, von Granatensaat durchbohrten Wiesenerde sucht mit pflügendem Maul das Vieh nach Nahrung, die schwarz und weiß gefleckten Rinderherden, an denen dieses Land reich ist vor allen Gauen Deutschlands.

Schattenstadt

Schnurgerade fuhren wir an diesem Tage, die beiden Offiziere und ich, bis wir am späten Nachmittag in der kleinen Stadt nahe an der Grenze Russlands angelangt waren. Ich will diese Stadt Schattenstadt nennen, weil sie es heute ist. Die Stadt ist, da ich dies niederschreibe, nicht viel mehr als ein Klang, ihre Häuser verbrannt, ihre Brücke gesprengt, die Bäume verdorrt und versengt, und der Gasthof, in dem wir bis in die Nacht hinein um den Tisch im Schankzimmer saßen, samt Zimmer und Tisch ein Trümmerhaufen geworden. Von den Offizieren, die um den Tisch mit mir saßen, habe ich alle, bis auf einen, namentlich in der ständigen Zeitungsrubrik »Opfer des Krieges« unter den Gefallenen verzeichnet gelesen. Die Zivilpersonen, die mit von der Gesellschaft waren, wer weiß, wo die verstreut sind, heimatlos umherirren, wer weiß, leben sie noch, sind sie tot? Sie sind nicht unter den »Opfern des Krieges« genannt, keiner aber, das ist sicher, wird nach der Stadt zurückkehren, die ich mit gutem Recht Schattenstadt nenne und nicht anders.

An jenem Spätnachmittag stand sie noch und hatte einen Namen. Die Brücke wölbte sich über dem Flüsschen, das Laub auf den Bäumen leuchtete von dem vielen Regen, in den Straßen sah man nur wenige verbrannte Häuserviereckke, die Hauptstraße war zwar geplündert worden, aber viele Händler saßen wieder in ihren verwüsteten Läden und warteten, mit der Öllampe auf dem Verkaufstisch, das Gesicht nach der zerschlagenen Eingangstür gerichtet, auf Käufer. Und in der Tischgesellschaft, die wir am späten Nachmittag um den Tisch im Schanksaal vorfanden, herrschte leidliche Laune. Der erste Einbruch und die Flucht der Russen waren schon Wochen alt und an den nächsten Einbruch, der so bald erfolgen sollte, dachten eigentlich noch die wenigsten. –

Der Stabsarzt, der die Hauptperson unter uns dreien im Automobil gewesen war, nannte im Flur seinen Namen. Der Hausdiener, mit tatarischem Schädel und polnisch herabhängendem Schnurrbart stürzte mit einem Telegramm in der Hand auf ihn zu. Als wir beiden anderen, der Leutnant der Landwehr und ich, aus unseren Zimmern im ersten Stock herunterkamen, stand der Stabsarzt noch so, wie er angekommen war, im Vorzimmer und wütete den Wirt und den Hausdiener an. »Sie gehen sofort und holen den Bürgermeister! Versammlung oder nicht, mir gleich. Sie gehen und holen den Bürgermeister. Ist er in einer Viertelstunde nicht hier im Zimmer, hol ich ihn selber. Und nun – pascholl!!«

Der Chauffeur, der nach seinem Wohnhaus in der Nähe des Gasthofs gefahren war, rasselte draußen mit seinem schadhaften Wagen vor und blieb mit dem Hut in der Hand vor uns stehen. »Machen Sie sich fertig!« rief der Stabsarzt, »in einer halben Stunde fahre ich weiter.« Der Chauffeur sah kreidebleich aus, als habe er eben etwas Gefährliches gehört. »Ja, Herr Stabsarzt, das geht nicht!« »Was soll das heißen: geht nicht?« »Ja, ich kann nicht fahren, ich hab morgen in aller Frühe hier eine Fuhre.« »Sie machen jetzt und holen Benzin, woher, ist mir egal, in einer halben Stunde treten Sie hier an und wir fahren los.« »Wohin?« »Das geht Sie den Teufel an, wenn Sie's wissen wollen, nach St. Petersburg.« »Ja, aber ins Russische, das geht doch nich, ich kann doch mein' Wagen nicht riskieren bei Nacht! Schießt mir einer in meinen Benzinbehälter, denn fliegen wir doch alle in die Luft, Herr Stabsarzt!!« Der Stabsarzt trat einen Schritt vor und legte die Hand an die Revolvertasche. »Sie gehen jetzt nach Benzin, es ist sechs, um sechs Uhr dreißig stehen Sie mit Ihrer Maschine vorm Tor. Wirt, wie heißt der Mann und wo wohnt er?«

Drin im kalten, unbehaglichen Saal zwischen den eisernen Pfeilern, hinter denen das Billard und der abgenutzte Schanktisch stand, erhob sich die Tischgesellschaft, als wir eintraten. Der Stabsarzt ging auf den Ulanenrittmeister zu, nannte seinen Namen, setzte sich gleich hin und brach aus: »Da haben wir ja die Schlamastik!« Der Landwehrleutnant und ich stellten uns vor und bald hörte die ganze Runde die Klagen des aufgeregten ältlichen Mannes an, zwischen den Bissen seines hastigen Abendessens, zwischen Grog, Bier, Glühwein und Kognak greinte er seine Verzweiflung hervor. Seit gestern abend das dritte Telegramm, immer neue Bestimmungsorte. Einmal nach Norden, dann nach Süden, jetzt geradeswegs nach Osten vorwärts. Dazu die Frau daheim, die alle vier, fünf Stunden eine andere Nachricht bekommt und ohnehin seit Ausbruch des Krieges vor Aufregung krank liegt. »Dafür hab ich ein gutes Wort! Für derlei Situationen gibts nur ein Wort: Schlamastik! Das hat mir schon oft geholfen. Hja, da haben wir's: es ist eben wieder ne Schlamastik. Die heilige Schlamastika, meine Schutzpatronin!« Und wie ein ferner Widerhall, mit einem tiefen Seufzer, aber schon ganz beruhigt, eine Minute später: »Schlamastik.«

Es war eine große Tafelrunde. Ich saß zwischen dem jungen Pasewalker Kürassier mit dem historischen Namen vom Rhein und dem kuriosen alten Gutsbesitzer aus der Umgebung, der neben sich seinen Kutscher sitzen hatte, jeder mit einer Flasche Rotwein vor sich; die Flasche des alten Herrn wechselte beständig, der Kutscher aber blieb bei seiner ersten und einzigen; sein Amt war es, den alten Herrn zusammenzupacken, in den Wagen zu schieben und nach Hause zu fahren, wenn erst die Nebel hoch genug gestiegen waren.

Der Stadtverordnete am anderen Ende des Tisches brach sein Gespräch mit dem jüdischen Oberarzt ab, um mir als Verbündetem aus dem Schwesterreich zuzutrinken. In Augenhöhe funkelte sein Kneifer über dem Rande des Glases: »Verehrter Bundesgenosse!« Unsere Blicke begegneten sich über unseren Gläsern.

Der alte Gutsbesitzer entpuppte sich als Bilder-Sammler und sprach mir von einem österreichisch-ungarischen Maler, dem er vergangenen Sommer in Spanien begegnet war. Die Spezialität dieses Malers waren Gegenstände im Kerzenschein. Der alte Herr hat ihm einige von diesen Bildern abgekauft, hält aber nicht mehr gar viel von ihnen, weil die Russen sie an den Wänden seines Hauses haben hängen lassen, während sie einen alten nachgedunkelten Hondecoeter ohne viel Aufhebens aus dem Rahmen geschnitten und mitgenommen haben.

Ich soll mal übrigens diese Zusammenstellung probieren: Butterbrot dick mit Tilsiter Käse belegt und Rotwein dazu – bewährt und bekömmlich!

Drüben um den Rittmeister und den Stabsarzt ist ein angeregtes Gespräch im Gange. Der Rittmeister liegt die vierte Woche hier, hat sich schon weiter westlich ins Land zurückziehen müssen und ist nun wieder hierher zurückgekehrt. Ich frage, wie es um den Kreis Darkehmen bestellt ist, namentlich um die Gegend nordwestlich der Stadt, und ob diese stark gelitten hat?

Der Rittmeister legt seinen Kneifer weg und erklärt uns die berühmte Kautschuktaktik, die darin besteht, dass der Feind hereingelassen und wieder hinaus gedrängt wird, herein und hinaus. Eine interessante Taktik und ein anschauliches Wort. Die Garnison in solcher Gegend gleicht einem Brustkasten, auf den von Zeit zu Zeit eine Faust loshämmert. Solange der Mensch dabei Atem holen kann, ist alles gut. Der Stadtverordnete hört mit sorgenvoller Miene zu und fragt halblaut vor sich hin, wie lange bei solcher Taktik der Mensch überhaupt, der Mensch der Garnisonen, der Mensch der Städte und des Landes lebendig bleiben kann? Der Rittmeister nimmt bedächtig einen Schluck aus seinem Glase und tut dazu dem alten Gutsbesitzer Bescheid, der sein Glas gegen ihn erhoben hat und dann zeigt, dass es leergetrunken ist.

Der Alte gießt sein Glas voll und sagt: »Nun, was mich anbelangt, ich bleibe hier, ich rühre mich nicht vom Fleck. Was kann mir passieren, bin fünfundsechzig Jahre alt, habe weder Weiber noch Kinder; nach Monte Carlo zu reisen, damit ist's ja für die nächsten Jahre doch Essig. Meine Zuchtpferde haben mir die Schufte weggetrieben, mögen sie mir jetzt die Ziegel vom Dache klauben.«

»Sie haben stark gelitten?« frage ich.

Der alte Herr sieht mich mit seinen wässerigen Augen an und spricht: »Tausend Pferde, Mannschaften und Offiziere über Nacht in mein Haus herein! Alles im Handumdrehen weggefressen, weggeputzt, geschlachtet, ruiniert. Was kann man machen? Einmal habe ich mich im Stall, sie besichtigten g'rad meine eigenen Pferde, zu beklagen versucht, da war ein Kerl, sprach wie ein Balte, der sagte zu mir: Das ist man bloß Vorschule, Baron! Seien Sie heilfroh, dass Sie uns da hereinbekommen haben, denn wir sind die Elite! Was aber nach uns kommt, davor mögen Sie die Beine in die Hand nehmen, ich rate Ihnen gut. Aber ich bleibe, ach was, bin ein alter Mann.«

Der Rittmeister fragt: »Wie hoch beziffern Sie Ihren Schaden?« Der Alte schiebt ein Stück Butterbrot zwischen die Zähne, kaut bedächtig und sagt dann, nach einem Blick auf den Kutscher, mit Betonung jeder Silbe: »Seit August bis heute vierhundertfünfzigtausend Mark.«

Die Herren um den Tisch geben ihrer Bestürzung Ausdruck. Der Alte wiederholt die Summe und fährt fort: »Dabei ist der Schaden an der Viehzucht noch gar nicht mitberechnet. Der wird sich erst viel später herausstellen. Sein Gutes hatte ja die Sache: man wird jetzt sehen, dass die Maul- und Klauenseuche gar nicht so gefährlich ist! Was hat man unsereinen mit Absperrungsmaßregeln gepiesackt – jetzt sind doch ein paar Stück Rinder frei herumgelaufen, Gottdonnerwetter ja! Gesundes und Verseuchtes durcheinander. Aber was man Zurückbekommen hat, ist durchaus nicht verseucht zurückgekommen. Na ja, gute Erfahrungen.«

Jemand bemerkt: »Hoffentlich wird es eine Zeitlang hier Ruhe vor den Russen geben.«

Aber der Alte schaut wie ein störrischer Bulle auf den Tisch vor sich, kneift die Mundwinkel ein und legt los: »Alles was recht ist! Wie die Schweinerei nimmer anzusehen war, hab ich in der Kutscherwohnung 'n Zimmer bezogen und die Schlüssel auf den Tisch des Hauses geschmissen. – Da, bitte, tut, als wärt ihr zu Hause! Erst als alle wieder heraus waren, bin ich mit meinen Leuten herumgegangen. Schillers Werke haben wir aus dem Stall zwischen dem Pferdemist hervorgezogen.«

»Sie dürfen nicht vergessen,« sagt der junge Kürassier, »hier kommt man und geht man sehr rasch. Es wird wohl ein Einjähriger oder irgendein Gebildeter gewesen sein, der

Dienst bei den Pferden hatte, und der keine Zeit mehr gefunden hat, den Band in die Bibliothek zurückzutun, vielleicht putzen Sie den Einband ab ...«

»Schillers Werke! Ich könnte mit einem goldlackierten Bouleschränkchen aufwarten, siebenhundertfünfzig Franken bei Janssen, Paris, Rue de la Paix, schmutzige Stiefel hab ich darin gefunden. Na und so weiter! Von dem Seidensofa gar nicht zu reden und vom Keller und von den Rabatten und von den Abtritten, nun, hol's der Teufel.«

Der Stadtverordnete bemerkt: Herr von Batocki sei ja unterwegs.

»Was ist das: Batocki?« fragt der Stabsarzt.

»Der neue Landespräsident.«

»Einen neuen Landespräsidenten haben Sie sich auch angeschafft in dieser Zeit?«

Der Stabsarzt sieht auf die Uhr, erhebt sich und winkt unserem Automobilgefährten, dem Landwehrleutnant: »Kommen Sie, Freund, ein Stück Wegs kann ich Sie mitnehmen.«

Der Wirt steht mit einem Gast, der Vizefeldwebel und Bayer ist, bei der Tür; der Bayer: »A was, bis morgen hab i eh no Zeit, 's findt sich schon a G'legenheit.«

Der Stadtverordnete erzählt von den Verlusten Ostpreußens bei den Kavallerieattacken im Westen: jeder ostpreußische Bauernsohn, der auf sich hält, dient bei der Kavallerie. Der Rittmeister erzählt von den enormen Verlusten, die einzelne Regimenter erlitten haben sollen, geradezu enorme Verluste. Der alte Gutsbesitzer bemerkt: »Wir bezahlen in Friedenszeiten genug für unser Militär, es ist nicht mehr als billig, dass das Militär jetzt für uns bezahlt!«

Der Rittmeister ist der erste, der auf diese Bemerkung eingeht; er lacht: »Da haben Sie recht, Herr Baron, keine Sentimentalitäten!« (Ich habe seit jenem Tag ihn und viele seines Namens noch in der Rubrik »Opfer des Krieges« gefunden.)

Noch lange höre ich zu, wie die Tafelrunde sich über Begebenheiten und Erfahrungen, Erlebnisse und Gefahren unterhält. Ich bin wildfremd unter diesen Menschen und fremder unter den Uniformtragenden noch als unter den anderen. Und doch fühle ich mich zu ihnen hingezogen. Weil sie jetzt die Tage erleben, in denen sie bezahlen? Oder weil ich sie natürlich, menschlich und einfach finde und darüber die Pflicht vergesse, auf deren Ausübung sie sich ihr Leben lang vorbereitet haben? In Friedenszeiten, zwischen uns und dieser Menschenklasse, welch eine unüberbrückbare Kluft von Missverständnissen, Voreingenommenheit, Unsicherheit, schiefer Einstellung des Gesichtspunktes, tieferer Abneigung und oberflächlicher Empörung wegen Fehlern in der Haltung des einen gegen den anderen, Dünkel und Auflehnung hier und drüben, Mängel der überlieferten Erziehungsformen in der Tradition der Familie, des Berufs, der Kaste wurzelnd, Bildung und Scheinbildung, Zwang, Not, Servilität bis zur leiblichen Hörigkeit ... Flüchtig erinnere ich mich an mein Reiseziel, an den weiten Weg von daheim bis zu diesen gänzlich unbekannten Menschen in Grüdshöfchen, von denen mir eine Unbekannte erzählt hat, es seien Menschen von einer etwas reineren und tieferen Art als die, unter denen man so dahinlebt. Und meine Reise zu diesen Menschen, weil ich vor Jahren, auf einer Fahrt durch einen fremden Kontinent, zwischen zwei Sonnenuntergängen, Menschen dieses Schlages begegnet bin, weil die Phantasie, mehr noch die Verzweiflung dieser beiden Kriegsmonate mich vage hinausschickt noch Unbekanntem, Unähnlichem, dabei diese Unkenntnis von einer Menschenklasse, die täglich einen Schritt weit von meinem ihr Leben lebt, ihre Ideale verficht, ihre Leiden und ihren Aufschwung durchkostet ...

»Und wenn die Russen noch zwanzigmal hereinbrechen,« sagt der Kutscher, »und herein und heraus und herein, ich kenn in der Gegend bei uns 'n paar Häuschen, die werden nicht niedergebrannt und 'n paar Leutchen, die werden nicht übern Haufen geschossen!«

»Wir haben ja schon ein Auge auf gewisse Leute,« sagt der Stadtverordnete.

»Ich weiß, da gibt's welche, die hätten nichts gegen einen dreißigjährigen Krieg. Einer hats mir ins Gesicht gesagt!«

»Von meinen hundertfünfzig Pferden stehen auch noch sicherlich hundert hier im Lande in fremden Ställen herum!« sagt der Grundbesitzer.

»Wie geht das zu?« frage ich erstaunt und höre die Geschichte von dem Glück der einen und dem Unglück der anderen. »Wie die Leute demoralisiert sind durch diese paar Wochen, das ist nicht auszudenken. Reiche Leute, die auf die erste Schreckensbotschaft von Haus und Hof geflohen sind, kommen als arme Leute zurück und Tagelöhner fahren mit ihren zugelaufenen Pferden vierspännig spazieren, na, einstweilen.«

Der Stadtverordnete bestätigt das. Wir rücken zusammen, und er erzählt von einem elenden, verfallenen Häuschen, das vom Boden bis zum Dach ein Magazin von Stiefeln, Feldflaschen, Gewehren, Konserven, deutschem und russischem weggeworfenen Zeug geworden ist. »Kleine Häusler, jeder weiß in der Umgebung, wie mühselig sie sich vorwärts gebracht haben all die Jahre lang – auf einmal steht ihr Stall voll Vieh, ja in den Wohnzimmern haben sie auch noch welches stehen. Einem rücke ich auf die Bude: nun, Herrchen, woher der Wohlstand? Kühe und Pferde hat der Mensch im September im Stall gehabt, wo im Juli ’ne verhungerte Ziege stand. Richtige Herdbuchtiere – aber die Ohrnummern und Hornnummern sorgfältig nachgebrannt. Nu, Herr, haben mir diese Leute gesagt: was hätten wir tun sollen? Krepieren lassen das schöne Vieh, wie es sich bei Nacht herumgetrieben hat zwischen den Granaten? Oder aufspießen lassen von den Kosaken? Nun, wenn erst Ruhe und Frieden hier eingekehrt sind ...«

Der alte Herr nickt bitter und lässt sich eine neue Flasche holen. »Ruhe und Frieden, ich danke.«

»Wenn Sie nur mit den Menschen nicht das Gegenteil von Ihren Erfahrungen an der Maul- und Klauenseuche erleben!«

Der alte Herr klopft mir auf die Schulter, ich habe aber mein Glas Bier in der Hand, lasse es fallen und schütte mir das gelbe Bräu auf die Hose. Gleich ruft der alte Herr leidenschaftlich: »Nur liegen lassen! Liegen lassen! Nicht aufheben! Macht nichts, schad’t nichts, dort gehört es hin! Nicht aufheben!«

Die anderen, die die Redensarten des Alten schon kennen, lächeln nachsichtig. Er hat mir und dem Pasewalker Gläser hinstellen lassen und trinkt uns zu. Dem Pasewalker ganz besonders. »Nicht nur auf Ihren Stand und Rang und Ihre von mir hochverehrte Familie, sondern speziell, erlaube mir!« Der

Kürassier verneigt sich bis auf die Tischplatte, errötet und hält sein Glas in seiner langen und gepflegten Hand. Er hat in seinem verträumten Gesicht einen aschblonden Vollbart stehen, der es älter erscheinen lässt als es ist. Er erklärt mir, warum er lieber in Berlin studiert hat als am Rhein, wo sein Vater ihn hinhaben wollte. Die straffere Berliner Art hat ihm gut getan, er sagt, er braucht sie, ja sogar dem Pariser zieht er das Berliner Leben und Treiben vor.

»Es tut mir aufrichtig leid,« sagt der alte Herr zum Kürassier, »dass ich Ihre eigene Familienmarke hier nicht auffahren lassen kann, der Wirt hält sie nicht in seinem Keller!« Die Familienmarke des Kürassiers wächst auf einem berühmten Berg zwischen Rhein und Mosel. Der Kürassier erzählt uns, wie er in einem von den Russen geplünderten und dann verlassenen Schloss hier in der Nähe im Speisesaal eine ganze Batterie abgetrunkener Flaschen seiner Familienmarke vorgefunden hat. Im Keller standen allerhand andere Marken, beste Jahrgänge und Fechsungen unberührt. Er hat seinem Vater das erfreuliche Ereignis sofort durch die Feldpost mitgeteilt.

Der Rittmeister erhebt sich, nimmt Abschied von uns und geht für den Rest des Abends in sein Zimmer hinauf arbeiten. Gleich beginnt der originelle alte Gutsbesitzer über die frühzeitige Glatze des Rittmeisters seinen Anekdotenschatz auszuleeren. Er hat seinerzeit selber bei der Kavallerie gedient und weiß Bescheid über sämtliche Adelsfamilien in seiner eigenen Provinz, seiner eigenen Waffengattung und weiter hinaus in der deutschen Heimat. An seinen einsamen Abenden beim Wein mag er manchen Gothaer Almanach zerlesen haben. Aus dem Hundertsten gerät er bald ins Tausendste; von der weitverzweigten Familie von O., deren Mitglieder sämtlich kahlköpfig sind und von der Begegnung zweier Herren von O., die sich nie von Angesicht gesehen haben und auf zwei einander entgegenfahrenden Schiffen auf dem Jangtsekiang an ihren Glatzen als Verwandte erkennen; von der Kasinotür in Pasewalk, auf der nach Liebesmählern in feierlichem Zug die Leichen heimbegleitet werden; von Vettern, Basen, Ehen und Erben in den Regimentern, von geheirateten Verhältnissen, Zunderhüten und ähnlichem erzählt der alte Herr.

Bei der ersten schicklichen Gelegenheit verschwinde ich aus dem Kreise. Während ich im Flur meinen Mantel anziehe, erzählt der Wirt zwei Neuangekommenen die Geschichte, wie er vor zwei Wochen mit dem russischen Generalstab bis drei Uhr nachts bei Kognak »Boje Tzara krani« singen lernen und dann Nacht für Nacht mitsingen musste, bis auf einmal von Mittwoch auf Donnerstag sich die Hymne gottlob in »Heil dir im Siegerkranz« zurückverwandelt hat.

Der tatarische Hausknecht kommt mit ein paar neuen Flaschen unterm Arm an mir vorbeigeschlurft und trägt auf einem Teller ein mächtiges Butterbrot mit Tilsiter Käse in den Saal hinein.

Draußen wird's schon finster. Ein Trupp russischer Gefangener zieht, mit Straßenfegerbesen auf den Schultern, von nur wenigen Landsturmleuten begleitet, über die Brücke vor dem Gasthof. Ein junger Bursche mit staubgrauer Tellermütze schief auf dem Kopf ruft mir mit lachenden Zähnen zu: »Bratj pijatotschak – pogalujzta!« zu. Die Nachfolgenden, die Hand am Mützenschild: »Pijatotschak – pogalujzt!« Ich notiere mir die Worte noch dem Gehör, später übersetzt sie mir der Tatar mit: »Küsse die Hand, einen Groschen!«

Zu beiden Seiten der Hauptstraße sind die Läden geplündert. Inmitten ihrer zertrümmerten Habe sitzen hier und dort die zurückgekehrten Besitzer der Läden und machen gar keine Anstalten aufzuräumen. In einem Laden kaufe ich Postkarten, in einem Seife. Die Leute sind so ruhig und höflich, als wäre alles in Ordnung. In den Goldschmiedläden hat der Feind natürlich am ärgsten gehaust. Die silbernen Aufwärter mit Figuren und Ranken sind unter den Stiefelabsätzen plattgedrückt, feine Glasschalen zu Pulver zerstampft.

Überhaupt alles nicht gar Wertvolle sorgfältig in kleine Stückchen zerbrochen und umhergestreut. Kostbarere Sachen, Provinzgoldschmiedkostbarkeiten sind fort; nur eine Wand voll Pendeluhren im sogenannten modernen Stil ist gänzlich verschont geblieben. Auf dem Boden liegen in dichten Haufen kleine runde, silberschimmernde Plättchen, sie sehen auf den ersten Blick wie Nickelmünzen aus, sind es aber nicht.

An einem mit Brettern geflickten Schaufenster klebt auf dem Glas noch das Plakat des russischen Generalstabs: den Zwangskurs des Rubels betreffend. Aber im Schaufenster steht schon auf schwarzweißrotem Postament die Gipsbüste Wilhelms II., umgeben von schwarzen Damenkleidern ohne Köpfe; es ist ein Modegeschäft und zeigt die Moden des Tages.

An der Straße zum Bahnhof wirft eine Bogenlampe ihr weißes Licht auf ein verbranntes Häuserviereck, von oben in das Gemäuer von drei eingestürzten Stockwerken hinunter. Oben in der Luft schwebt eine Badewanne, zwei verbogene Röhren halten sie am Fußende fest, die Duschvorrichtung aber sitzt richtig in der heilgebliebenen Wand. Im Erdgeschoss sieht man ein Stück blaue Tapete mit großen hellgrünen Schwertlilien. Hinter einem wirren Haufen von Ziegelsteinen und halb verbrannten Möbelstücken glänzt der kreuz und quer geborstene saubere Kachelofen, in der Mitte ist ein Medaillon aus Terrakotta, es stellt den »Winter« von Thorwaldsen vor. Daheim in meinem Elternhause war genau dasselbe Medaillon an meinem Ofen; aus der Kinderzeit erinnere ich mich ...

Das Haus nebenan mag ein oder vier Stock hoch gewesen sein, heut steht da ein Stück Mauer, das wie der Stumpf von einem schlechten, abgebrochenen Zahn aussieht. Wenn ich den Kopf hineinstecke und sehe, was hinter der Mauer ist, so entdecke ich in der grenzenlosen Verwüstung ein ovales hellblaues Seidenrähmchen an der Wand, mit dem vergilbten Porträt von drei Backfischen in Sommerkleidern, mit aufgespannten Sonnenschirmen stehen sie vor einer Baumgruppe. Ganz heil ein Sträußchen trockener Blumen an das Rähmchen geklebt ...

Auf dem Rückweg höre ich aus der Kaserne die Trompetensignale herübertönen. Vor der Brücke steht ein Posten mit geschultertem Gewehr. In einem ebenerdigen Hause mit beleuchteten Fenstern wird gesungen. Ich bleibe stehen und höre hinter den geweißten Scheiben einen geschulten Chor von Männer- und Frauenstimmen »Freut euch des Lebens« singen.

Nachts ist die Luft in meinem Zimmerchen stickig und schlecht. Durch das geöffnete Fenster ist im Stilliegen und

Hinaushorchen etwas wie Gewitterrollen in der Ferne, oder wie Kanonendonner zu hören, es könnte aber auch das Pochen des Blutes im Ohr sein, wenn es nur regelmäßiger ertönte. Nächsten Morgen höre ich dann im Hotel, es sei tatsächlich Kanonendonner gewesen; wenige Meilen südlich von Schattenstadt hatte sich der zweite Durchbruch der russischen Heeresmassen vollzogen.

Nach Sonnenaufgang ist an den Flussböschungen unter der Brücke schon Leben. Landwehrleute fischen mit Harken russische Munition aus dem Schlamme heraus. Kisten voll Schrapnellen, Körbe mit Granaten, auf der Flucht weggeworfene, zum Teil noch gut brauchbare Mordwerkzeuge. Im Hotelflur schleicht der Tatar an mir vorbei und flüstert mir mit schiefem Mund unter seinem hängenden Schnurrbart die Kunde von enormen Kosakenhorden bei Lyck zu.

Aus dem Schankzimmer tritt, so früh schon, der Ulanenrittmeister heraus und salutiert dem General, einem kleinen beleibten Herrn mit buschigem Schnurrbart unter einer winzig kurzen Kindernase. Der General ist hinter mir die Treppe herabgekommen. Er erwidert den Gruß und spricht mit Stimmaufwand: »Ich erlaube mir die Bitte um einen Kraftwagen an sie zu richten, Herr Graf, Frau von K., die Witwe des Majors, ist heute Nacht angekommen und möchte die Leiche ihres Gatten von der Front abholen. Im Namen der Kameradschaftlichkeit und Menschenpflicht hoffe ich, dass sich eine Möglichkeit finden wird, dem Wunsche der Dame zu entsprechen.« Die Herren salutieren und verschwinden.

Vor dem Tor steht schon das Automobil, das mich nach Grüdshöfchen bringen soll. Im Schanksaal sitzt der Chauffeur mit seinem Begleiter, einem ehemaligen Gasthofsbesitzer, oder besser gesagt, dem Besitzer eines ehemaligen Gasthofs aus Darkehmen, beim Frühstück. Die beiden Damen, die wir nach Goldap mitnehmen sollen, sind mit Ankleiden noch nicht fertig geworden, und wir müssen warten. Der Kraftwagen für die Majorswitwe fährt vor; die Witwe, eine blühend und frisch aussehende Dame in Sommerfarben und Staubmantel, kommt die Treppe herab, dankt leise dem Rittmeister und fährt davon. Einige Minuten später hilft unser

Chauffeur den beiden Damen und dem kleinen Kind in den Wagen, verstaut das Gepäck, befestigt den Karabiner und bald sind wir unterwegs.

Schön und bunt liegt im Herbst das masurische Land mit Hügelketten, Seen und Forsten vor uns. Verlassene Gehöfte, lange Straßen aus ebenerdigen Häusern, Sofas, Bettstellen auf der Straße, glänzend vom Nachttau. Hier und dort der Kadaver eines verendeten Gauls; überall der Straßengraben voll von weggeworfenen Andenken an den Krieg. Hinter einer zerschossenen Ziegelei die obere Hälfte des Schlotes mitten auf dem zerwühlten Schlachtfeld aufrecht ragend wie ein Denkmal. Zwischen einer langhingestreckten Erdschanze, die der Chauffeur als ein Massengrab von Freund und Feind bezeichnet und einer ganz ähnlichen Schanze aus aufgeschichteten Kartoffeln hocken Weiber und buddeln den reichen Erntesegen aus der Erde. Es soll eine fabelhafte Ernte sein, niemand braucht im Lande arbeitslos zu hungern; leider steht aber kaum ein Drittel der Leute zum Einbringen der Erdfrucht bereit, die man benötigte, um alles zu bergen.

Die Damen hinter mir sprechen vom Erntesegen des Jahres. Sie haben sich erst heute früh kennen gelernt. Die eine, eine steife Freifrau, kommt aus Hannover, die andere, eine pausbäckige, etwas derbe Ostpreußin, ist mit ihrem Kindchen, einem lieblichen, helläugigen Schatz von zehn Jahren, aus ihrem Schlosse geflohen, das die Russen bewohnt, geplündert und vom Erdboden weggebrannt haben. Die Freifrau reist seit zwei Wochen, die Schlossfrau seit dreien hier im Lande herum.

Die Freifrau erzählt, sie habe einige tausend Mark allein schon für Automobilfahrten ausgegeben. Beide Frauen reisen ihren Männern von Garnison zu Garnison, von Schlachtfeld zu Schlachtfeld nach. Gierig horchen sie auf die Namen und Personenbeschreibung der Offiziere, denen ich hier im Osten begegnet bin. Die Frau des Rittmeisters ist der Hannoverin persönlich bekannt. Sie will sie bei erster Gelegenheit telegraphisch benachrichtigen, dass ihr Mann lebt. Warum die Frau des Rittmeisters das von der Hannoverin und nicht von ihrem eigenen Mann erfahren darf, bleibt mir Laien unverständlich.

Welch ein Sommer! Die Schlossfrau erzählt von ihren ostpreußischen Obstspalieren, die Freifrau von ihrem im Stiche gelassenen Garten in Hannover. Die Gravensteiner waren dies Jahr besonders üppig geraten. Und hier im Osten gab's die herrlichsten Bergamotten. Die Freifrau hält Bergamottenzucht für ein undankbares Geschäft. Sie hat es auch mit Calvilles versucht, will sich aber in Zukunft doch nur auf Gravensteiner verlegen; die bewähren sich am besten und werfen etwas ab!

Die Ostpreußin aber zieht den Geschmack der Bergamotte jeder anderen Apfelart vor; sie seufzt und zeigt mit ihren beiden runden Händen, wie groß eine besonders schöne Frucht voriges Jahr war, dabei versprach die heurige Ernte alle bisherigen auf ein Jahrzehnt zurück in den Schatten zu stellen!

Dann fängt sie, mit in die Ferne gerichtetem Blicke, von den Verwüstungen zu erzählen an, die die Horden in ihrem Park, Schloss und Wirtschaftsgebäuden angerichtet haben. Die Köchin und ihr Mann beide auf dem Gutshof geboren, hatten bis zuletzt noch ausgeharrt und ihr zum Schluss Bericht gegeben. Es ist die immer wieder gehörte Kunde von in den Garten geworfenen Damastlehnstühlen, beschmutzten Klavieren, zerfetzten Familienporträten, die Offiziere darstellten, und heilgelassenen Bildnissen der Mutter und Großmutter in der langen Galerie. Nun, jetzt ist ja alles dahin – der vage Blick der Schlossfrau bleibt auf dem Rücken des Chauffeurs haften.

Aber bald sprudelt es wie gehetzt aus ihr hervor: bei den Gutsnachbarn war das Gesindehaus bombardiert worden, weil die Russen befürchteten, es könnten Deutsche dort verborgen liegen. Ein bewohntes Schloss im Kreise hatten sie geplündert, weil sie nach Waffen suchten, eine halbe Stunde weiter ein unbewohntes, um ein Exempel zu statuieren: man brauche vor ihnen nicht zu flüchten, sie seien keine Räuber! Es waren dies gemischte Regimenter, aus Kosakensotnien und dem berühmten Petersburger Leibregiment gebildet. Wiederholt hatte sie russische Gardeoffiziere bei sich bewirtet, früher, es waren scharmante Leute darunter. A propos, beim Landrat hatte sich folgende amüsante Geschichte ereignet ...

Vor uns auf der Landstraße steht ein Automobil, das eine Panne erlitten hat. Der Chauffeur bremst, und wir halten mit einem Ruck. Unter dem fremden Wagen liegt der Soldat, der ihn führte, auf dem Rücken, und sucht den Schaden zu ermitteln. Sein Begleiter, ein Vizefeldwebel, hockt daneben. Die Majorswitwe steht dabei und sieht zu. Unser Chauffeur und der Hotelbesitzer haben ihre Sitze verlassen, und alle vier versuchen den Wagen zu heben. Da die Reparatur immerhin einige Zeit in Anspruch nehmen wird, helfe ich den Damen und dem Kind aus dem Wagen, und die drei Frauen, die eine, die die Leiche holt, und die beiden, die ihren verschollenen Männern nachjagen, stehen beisammen und sprechen von der einzigen Angelegenheit.

Das liebliche blonde Mägdlein wiegt ihre Puppe, die bewegliche Lider hat, in den Armen und flüstert ihr von Zeit zu Zeit ins Ohr. Puppe und Kind sind fast gleich groß, von der Puppe aber sieht man nur den Kopf. Sie ist ganz in eine Lodenpelerine eingewickelt, keine Puppenpelerine, sondern eine Kinderpelerine. Die Puppe heißt Barbara, erklärt mir das Kind, und ist eine Flüchtlingspuppe. Sie lag gerade mit geschlossenen Augenlidern im Bett, als der Alarm ertönte. Das Mägdlein wickelt die Pelerine von der großen Puppe und ich sehe, dass diese nur mit einem einzigen Strumpf bekleidet, sonst ganz nackt ist. Die Puppenmutter schlägt sofort wieder die Pelerine um den Leib der Puppe, die sich im Herbstwind nicht erkälten soll. Sie blickt mich mit ihren hellen Augen an und wiederholt ernst: »Flüchtlingspuppe!«

Plötzlich stößt der Vizefeldwebel einen halblauten Ruf aus, springt zu seinem Automobil nach dem Karabiner, die beiden Chauffeure, der fremde und unserer tun dasselbe und fort über den Straßengraben.

Nicht weit vom Ort, wo wir stehen, ist ein kleines, verlassenes Haus. Dahinter ein ebenfalls verlassener Schuppen mit weit offenem Tor. Dieses Tor hat sich, während wir dastanden, plötzlich leise bewegt, als zöge jemand von innen vorsichtig den Flügel zu. Auf das Geschrei der erschrockenen Frauen tut sich das Scheunentor mit einem mal weit auf und ein biederer, bärtiger Landsturmposten mit schwarzer hundertjähriger Kreuzhaube stampft aus der Scheune heraus.

Die Leute unterhalten sich in breitbehaglichem Ostpreußisch eine Weile miteinander, und dann wird der Schuppen nach einer Hebestange durchsucht. Die Panne ist bald beseitigt. Der einsame Posten winkt mit den Zigarren, die wir ihm zum Zeitvertreib dagelassen haben, und aus den beiden Automobilen wehen ihm Tücher und Schleier nach.

Bald haben wir den Wagen mit der Witwe aus den Augen verloren. Dass wir langsamer fahren, ist mir gar nicht zuwider, denn links über den Hügeln vor uns liegt der Rominter Forst in der Morgensonne.

»Wären die Abende nur nicht so entsetzlich!« sagt die Freifrau zur Ostpreußin. »Wenn man mit Offizieren sprechen kann, ist's ja noch gut; sonst aber ist es schrecklich.«

»Ich habe in Friedenszeit gar nichts gegen die Russen, jawohl!« sagt die Ostpreußin. »Wir waren ja oft in Kibarty, mein Mann und ich, und es war immer so nett. Aber haben sie nicht gehört, wie sie jetzt hausen? Man würde es nicht glauben. Eine Dame aus Gumbinnen hat, als sie zurückgekehrt war, ihr Haus voll von fremden Möbeln gefunden und überhaupt kein Zimmer mehr wiedererkannt. Es ist ein einstockhohes Haus, ganz neu, vierzehn Zimmer im ganzen. Das Erdgeschoss hatten sie zu Speiseräumen verwendet, die Etage zu Schlafzimmern. Natürlich waren da lange nicht genug Betten, Waschtische und so weiter vorhanden.« Sie senkt ihre Stimme und schielt zu mir hin, ob ich zuhöre, spricht aber, trotzdem ich den Kopf nach der anderen Seite drehe, noch laut genug und merkt gewiss ganz gut, dass mir kein Wort entgeht.

»Alle haben Frauen mit sich gehabt. Denken Sie – sogar Kinder, also ganze Familien!« »Sie wollen doch nicht sagen, dass sie ihre richtigen Familien mithatten?« sagt die Freifrau schrill. »Richtig oder nicht, es standen drei Kinderbettchen in der Etage, als die Besitzerin zurückkehrte. In den anderen Zimmern aber hat es derartig nach Patschuli geduftet, dazu ungelüftet, dass es zum Ohnmächtigwerden gewesen sein soll. Und was da für Utensilien zurückgeblieben sind!« »Und Sie meinen, dass also auf denselben Flur nebeneinander richtige Familien und diese ...« »Zehn Zimmer, alles Schlafzimmer, nebeneinander!« »So führt man natürlich keinen Krieg!« sagt die Freifrau, und ich höre es ihrer Stimme an, dass sie sich kerzengerade aufgesetzt hat. Die andere schweigt.

»Da sieht man ja, wohin das führt, solche Zuchtlosigkeit!« wiederholt die Freifrau nach einer Weile. Die andere schweigt.

Wir fahren in die Stadt Goldap, über eine Brücke, die einer Schlacht den Namen geben wird in der Geschichte dieses Krieges. Auf dem weiten, schon ganz polnisch aussehenden Marktplatz mit dem hübschen kleinen Rathaus und den einstockhohen Häusern ringsherum steht eine Motorwagenkolonne zum Abfahren bereit.

Vom Rathaus her kommt ein Offizier zu uns herüber; wir sind vor einem Gasthof vorgefahren und die Damen, die aussteigen, sehen oben auf dem Balkon schon zwei andere Damen stehen, die mit unserem Automobil weiterfahren wollen. Der Offizier ist ein großer schlanker Herr mit sammetschwarzen Augen. Er erinnert mich in Sprache und Gehaben an gewisse polnisch-galizische Edelleute, die ihr Leben an der Riviera, in Paris und Wien verbringen, sehr weltmännisch und geschmeidig, kokett den Schnurrbart mit der schönen linken Hand zwirbelnd, vier oder fünf Ringe mit Steinen an dem kleinen Finger. Die Damen vom Balkon sind zu uns heruntergekommen und der Offizier bewegt sich zwischen diesen und den Ausgestiegenen mit graziöser Eleganz.

Ich habe mich von der Freifrau und der Schlossdame mit dem lieblichen Kind verabschiedet. Auch die Puppe Barbara gibt mir die Hand, den Anstand wahrend nur die Fingerspitzen. Der Chauffeur muss Benzin haben, derweil tue ich mich auf dem Marktplatz um, wo die Motorwagen zum Abmarsch bereit stehen. –

Um den ganzen Platz herum ist kein Fenster heil. Unten sind die Schaufenster verschwunden, in den Stockwerken oben hat jedes ein Loch von einem Gewehrschuss. Wo ein Fenster ganz geblieben ist, steckt das Geschoss sicher im oberen Fensterrahmen.

An einem Haus zeigt ein Plakat an, dass der Zahnarzt seine Tätigkeit wieder aufgenommen hat. Unter dem italienisch klingenden Namen eines Rechtsanwaltes steht der Vermerk: Sprechstunden wie gewöhnlich.

Ich zeige mit dem Finger auf die durchschossenen Scheiben hinauf und bemerke zu einem Kraftwagenführer: »Die Russen schießen ja alle zu hoch.« Er sieht mich an und antwortet mit sächsischer Aussprache: »Nu, es gibt solche und es gibt solche.« In diesem Augenblick surrt oben eine graue »Stahl-Taube« von Osten kommend über den Platz weg. Sie fliegt tief, damit man das schwarze Kreuz auf ihren Flügeln deutlich sehen könne und verschwindet über den Häusern. »Es ist hier wohl ein Flugfeld in der Nähe?« sage ich zum Sachsen. Er knurrt ein wenig und sieht das Dach an, hinter dem die »Taube« verschwunden ist. »Heute Nacht soll ja hier Alarm gewesen sein, so sprach man im Ort, woher ich komme. Es ist wieder ein Durchbruch in Lyck. Sie gehen hier wohl bald ab, wohin?« Der Führer schaut mich an, dreht sich dann um: »Mer weeß ja nich, mit wem mersch zu tun hat;« lässt mich stehen und geht zu seinem Wagen zurück. Der Wagen ist ein schöner bequemer Automobilomnibus. Ich sollte doch diesen Kasten kennen? Bei näherem Hinschauen kommt unter der grauen Tünche der Name eines beliebten Ausflugsortes an einem Havelsee zum Vorschein.

Die Damen vom Balkon sind mit Koffer und Handtaschen eingestiegen; Mutter und Tochter, beider Männer stehen hier irgendwo im Osten. Seit vielen Wochen haben die Frauen nichts mehr von ihnen gehört.

»Fahren Sie bis Darkehmen oder bis Königsberg mit?« fragt mich die Mutter. Und ich merke erstaunt, dass ich mir über diesen wichtigen Punkt selber noch keine Rechenschaft zu geben vermag. Nein – ich fahre jedenfalls bis zu einem kleinen Gutshof jenseits Darkehmens mit. Ich habe einen Gruß an die Familie zu bestellen, die dort wohnt. Es ist wahrscheinlich und ich hoffe es, dass ich dort aussteigen und eine Zeitlang wohnen bleiben werde. Das Gut heißt Grüdshöfchen und gehört der Familie Brodlauken. An diese lautet mein Auftrag.

Das Höfchen

Hinter Goldap kommen wir immer weiter weg von der Gegend des Alarms und der Gefahr. Das Bild der Verwüstung, an das man sich gewöhnt, wie an alles, nimmt der Landschaft nichts von ihrem Reiz, und den Gesichtern der Bauern, die hier zwischen den zerstörten Höfen hausen, ist nicht so sehr die Not dieser Zeit vielmehr die harte Arbeit aufgeschrieben, in der sie allezeit leben müssen. Unwillkürlich muss ich an das ackerbautreibende Volk dort drüben auf dem andern Erdteil denken, in der Mitte des großen Kontinents, wo die roten Flüsse und blauen Berge sind, wo Dakota und Manitoba sich berühren und die Heimat der guten alten Mrs. Bradlock ist.

Keiner von uns fünfen im Wagen spricht ein Wort. Aber, das fühl ich, je weiter wir vorwärtsstreben, um so heißer denkt jeder von uns über seine eigenen Sorgen hinweg an das gleiche Schaurige, Trostlose, das da jetzt in langem Zuge uns entgegengezogen kommt, trostlos, bedrückend, schier ohne Ende, die zertretene, von den Spuren der Artillerieräder und Kosakenkolonnen zerwühlte Chaussee daher. Gestern waren es nur wenige, heute aber zieht endlos eine Wagenreihe von heimkehrenden Flüchtlingen uns entgegen. Von Darkehmen nach Goldap und weiter, mitten in die Gefahr des neuen Durchbruchs hinein, der noch geheimgehalten wird, zieht sie dahin.

Aus den Zeltdächern, aus Teppichen, Strohmatten, Pelzen, Pferdedecken und allerhand bunt zusammengeflicktem Zeug wieder diese verhärmten alten und neugierigen jungen Gesichter und die im Weinen rot erstarrten der Kleinsten. Zwei, drei müde Klepper ziehen solch ein Gefährt, hinterdrein trotten an kurzen Stricken ein paar magere Kühe einher. Hier und dort tönt aus dem Wagen Gänsegeschnatter heraus, Tauben gurren, auf einem Wagen sitzt hinten ein kleines Mädchen mit einem Vogelbauer auf dem linken und einem Topf Kaffee auf dem rechten Knie, schaut uns mit offenem Munde an.

Zuweilen scheuen Pferde vor unserem in raschem Lauf daherkommenden Automobil, springen in den Straßengraben, der Wagen tanzt, knirschend biegt sich die Deichsel. Männer springen vom Wagen und halten die Pferde aus Leibeskräften, sehen erst auf die Räder unseres Automobils, dann in unsere Gesichter, müde, ohne Zorn, wie Plage gewohnte Menschen, ergeben. In ihren Blicken vermeine ich die Kenntnis der Gefahr zu lesen, in die sie die Lebensnot zurücktreibt. Die Kenntnis dessen, dass die Not auf der eigenen Scholle, mag sie der Tod beschließen, doch der Not unter den barmherzigen Menschen in der Fremde vorzuziehen ist. Endlos ziehen die Wagen an uns vorbei.

Die Stadt Darkehmen haben die Russen bei ihrem ersten Einbruch zur Hälfte vernichtet. Auf einem Platz in der Mitte der Stadt hatten sie im Schutze eines hochgiebeligen Hause ihre Geschütze aufgestellt, der Teil der Stadt hinter diesem Hause steht, der gegenüber gelegene, auf der anderen Seite des Platzes, ist ein Trümmerhaufen.

Wir fahren durch eine ehemalige Straße, und vor einem Berg von Schutt, aus dem ein mannshoher Brocken Ziegelmauer ragt, hält das Automobil. Der Mann, der neben dem Chauffeur gesessen hat, springt heraus und wir warten drei Minuten lang, da taucht er aus dem Schutthaufen wieder auf. Beim Weiterfahren dreht er sich kurz gegen uns im Wagen um und sagt: »Das war mein Hotel.« Dann wendet er den Kopf wieder nach vorn und spricht eine Weile gar nichts. Zwischen den zertrümmerten Häusern steht wie ein Wunder ein völlig unversehrtes, stockhohes Häuschen mit Strohdach und winzigen Fensterchen, hinter denen Blumen sind. Hinter den Blumen Gesichter. All diese Gesichter sind auf den Hotelbesitzer gerichtet, der kläglich und wie man eine Verwünschung hervorstößt, ein paar Worte gegen das Häuschen schleudert. Ich höre nur den Klang der Stimme, die Worte nicht. Wie wir aus der Stadt hinaus sind, dreht sich der Mann nochmals um und sagt mit einem Lächeln auf dem Gesicht in den Wagen hinein: »Nicht einmal die Kühlanlage im Keller haben sie ganz gelassen – darauf könnte man doch ein Haus aufbauen, das hätte die Bank gemacht! Die eiserne Tür eingeschlagen, die Röhren alle kaputt gehauen, was das für 'ne Arbeit macht!«

Und nach einer Weile zum Chauffeur: »Zwei Etagen hoch, Sommer und Winter gut gegangen, vor'jes Jahr hab ich Zentralheizung anlegen lassen.«

»Sie waren doch versichert!« sagt der Chauffeur gleichgültig.

»Ich fahre jetzt nach Königsberg hinein und werde wieder Knecht. Wenn man nur's Leben hat!« sagt der Mann.

Die Damen hinter mir schauen ganz unbeteiligt drein, haben vermutlich gar nicht zugehört. Der Hotelbesitzer brummt noch eine Weile vor sich hin, nickt und brummt und lässt dann, wie im Schlaf, den Kopf hängen. –

Ich habe dem Chauffeur die Lage Grüdshöfchens erklärt, und da wir von der Chaussee auf einen Seitenpfad einbiegen, erkenne ich die in der Eulitzschen Karte aufgezeichneten Hügel, die Häusergruppe davor und den Bach, neben dessen zerschlagenem Steg ein paar Bretter liegen, vom regengeschweren Wasser fortwährend überspült.

Das Automobil hält, und ich will in spätestens zwanzig Minuten zurück sein und Bescheid sagen.

Eine Tonne mit ausgeschlagenem Boden und ein umgestülpter Pflug bieten mir Stütze beim Hinübergehen über den Bach. Ich stehe vor einem Schlachtfeld, das ist genau zu sehen. –

Vier saubere Häuser aus roten Ziegeln, zwei davon stockhoch. Hinter diesen beiden ein langgestreckter Schuppen oder Stall. Etwa hundert Schritte weiter gegen den Hügel zu drei ebenerdige Wohnhäuser. Vor dem einen ein hübsches Gärtchen mit einem Zaun herum, im Gärtchen sind Bäumchen und Büsche umgehauen. Wie ich näherkomme, sehe ich, dass, wo die Blumenbeete waren, drei kleine Hügel aufgeworfen sind, sie liegen parallel nebeneinander wie Grabhügel in einem Kirchhof. Die Häuschen, die beiden größeren, auch der Schuppen, sind von Menschen verlassen. Vor dem vierten, kleinsten aber, zuhinterst, steht ein Mann mit einem Tuch über dem linken Auge; ein Kind spielt auf der Erde vor ihm mit einem Holzpferdchen, Wägelchen, in die offene Tür des Häuschens tritt eine ältliche Frau, sie schleppt, an den Bauch gedrückt, schwerfällig einen dampfenden Kübel.

Der Mann mit dem verbundenen Kopf hat das Automobil gehört. Jetzt tritt auch sein Weib aus dem Haus, zwei kleine Kinder erscheinen auf der Schwelle, das dritte auf dem Boden blickt nicht von seinem Spielzeug auf. Die Mutter bückt sich, zieht es in die Höhe, es bemerkt mich, mit einem kleinen tierischen Laut, wie ihn Taubstumme auszustoßen pflegen, flüchtet es zu den Geschwistern.

Der Mann ist der Knecht auf Grüdshöfchen und sein Auge unter dem Tuch ist von einem Kolbenschlag zerschmettert. Da ich ihn nach seinen Dienstherren frage, sieht er mich an und schaut dann auf die drei kleinen Hügel drüben im Gärtchen. –

Ich werde den Brodlaukenleuten nicht ausrichten können, was mir ihre amerikanische Verwandte aufgetragen hat, denn die Männer liegen dort im Gärtchen begraben und die Frauen und Kinder sind verschollen in der Ferne, niemand weiß wo.

Es waren gute und rechtschaffene Leute, so erzählt der Knecht – aber ich muss jedes Wort mit der Zange aus ihm herausziehen, er misstraut mir, oder aber es ist nur der Schreck, das lange, wüste Entsetzen, das ihm nicht mehr aus den Gliedern herausfahren will; ich habe solche Menschen gesehen in diesen letzten zwei Monaten, dieser ist wohl ein Gezeichneter und Gebrochener auf Lebenszeit.

Die Leute, die in den drei verlassenen Häuschen gewohnt haben, waren freundliche und rechtschaffene Menschen gewesen. Auch der Schwiegersohn hörte auf den Namen Brodlauken, er bewirtschaftete das eine der größeren Häuser, das rechts, es stellte eine Art Herberge vor für Bauersleute und Wandersleute. Vater Brodlauken wohnte im ersten Haus dort vorn, Sohn Brodlauken aber in dem kleinen, vor dem sie jetzt alle drei ihre Wohnstätte gefunden hatten.

Ja, es waren rechtschaffene und schlichte Leute gewesen, und alle hatten mit den Knechten an demselben Tisch gegessen, obzwar die Kinder in Königsberg zur Schule gegangen waren und die ältere Tochter Harmonium und Klavier spielen konnte. Gegen den Krieg hatten sie sich nicht gewehrt, sondern ihn hingenommen wie ein Gewitter zur Erntezeit, ehe die Frucht eingebracht ist. Als die Unsrigen dalagen, gaben sie diesen Obdach und Nahrung, und als die Russen kamen, diesen; wie sie vom Ungewitter überraschten Wandersleuten, ohne zu fragen, woher kommst du, Nahrung und Obdach gewährt hatten. Es lagen auch alle Zimmer, Kammern und

Küchen nacheinander von Soldaten, Flüchtlingen, Verwundeten voll, und für die Nahrung und Pflege wollten sie keinen Entgelt haben, sie putzten sich die Hände ab und versteckten sie, wenn jemand ihnen bezahlen wollte, obzwar ja das Geld von den Soldaten des Kaisers Geld ist, sagt der Knecht, es waren eben kuriose Leute, und manches ist dem Knecht unverständlich und unheimlich gewesen in ihrem Gehaben und Tun und Lassen all die Zeit. Eine so gute Herrschaft werde ich wohl nie wieder bekommen, meinte er, aber wie allen Menschen, welche sterben, ehe man sie ganz durchschaut hat, trauerte der Knecht den Brodlaukenleuten nicht zu tief nach, das sah ich.

Dass sie die Soldaten nicht nach ihren Uniformen und Landessprachen ansahen, ja fast auch danach nicht, ob sie hungrig und matt oder satt und übermütig daherkamen, das machte sie rasch verdächtig in dem aufgeregten Kreis. Schon in Friedenszeiten wussten die Leute nie recht, was sie mit diesen allzeit sanften, dienstbereiten und doch von der ganzen übrigen Welt abgeschiedenen Menschen anfangen sollten, sie galten immer für Sektierer, jetzt hieß es plötzlich, es seien Spione. Aber das waren sie nicht; Beweis: sie lagen unter den Hügeln, und die Russen hatten es getan.

Der Knecht hat es nur vom Hörensagen, nicht miterlebt, denn er war mit Frau und Kindern nach der Stadt hinein, was ihm aber nicht viel genützt hat; die Brodlaukenleute aber sind dageblieben, als die Schlacht hier zwischen den Bächen stand.

Anfang September, bei dem unaufhörlichen Herbei- und Hinwegfluten der Schlacht, hatten die Russen einmal deutsche Verwundete oben im Haus des Schwiegersohnes gefunden. Die Grüdshöfner hatten sie sozusagen vor ihrer Tür aufgelesen, und da ihre Häuser, bis auf einen geringen Schaden, heil geblieben waren, hatten sie sie geborgen. Die Russen merkten bald, ihres Bleibens sei nicht lange mehr, und als die ganze Familie den blutunterlaufenen Fratzen den Eintritt zu den Sterbenden wehrte, haben sie kurzen Prozess mit den Leuten gemacht. Die Männer mussten sich vor der Mauer aufstellen, man sieht noch die Spuren der Geschosse, die Frauen und Kinder aber wurden in der Ecke, wo der Buchsbaum stand, festgehalten, bis alles vorbei war. Nachts sind sie dann den Unsern über den Kucklinsbergen in die Arme geflohen, am nächsten Morgen war kein Feind mehr um Darkehmen. Ein gefangener Russe hat die Geschichte erzählt.

Der Knecht hat bei seiner Rückkehr keine Spur von verwundeten oder toten Menschen in den Häusern gefunden, wohl aber waren da die drei Hügel im Garten und ein größerer hinten vor der eingestürzten Stallmauer. Von diesem hat der Regen die Erde oben abgeschwemmt, aber der Knecht schaufelte dann wieder Erde drauf.

Ein Bild im Hausflur des Schwiegersohns muss den besonderen Zorn der Russen erregt haben. Es war das Porträt von George Washington, ihm waren die Augen ausgestochen und unter den Rahmen waren auf die gekalkte Wand mit Schmutz die deutschen Worte: »Tod Moltke« geschrieben; man hat das Bild also für den Kopf des Siegers von 1871 angesehen!

Ich könnte das Bild und die Häuschen sehen ... und ob ich gekommen sei, um das Häuschen zu pachten oder zu kaufen, und ob ich Nachricht von der Familie habe. Und ob ich Neues von der Grenze, von Suwalki und von Lyck weiß. Und wie lange der Krieg dauern wird und ob man die Russen noch einmal hereinlassen wird. Und dann beginnt der Knecht mir zu erzählen, wie und wo er den Kolbenstoß bekommen hat ...

Beim Einsteigen ins Automobil sehe ich auf der Chaussee drüben einen langen Zug von Planwagen, von Südosten herkommend, den zurückkehrenden Flüchtlingen entgegenfahren. Es sind die Wagen der Landbevölkerung, die auf der Flucht vor dem zweiten Einbruch ist. Von den Planwagen springen Leute auf die Straße herab, bleiben in Gruppen beisammen stehen, vorsichtig fährt unser Automobil zwischen den Planwagen durch, langsam, damit die Pferde nicht erschrecken und die Menschen Zeit finden, beiseite zu treten.

Die beiden Wagenreihen, die der Heimkehrenden und die der Fliehenden, stehen still auf der Chaussee. Ich sehe die Gesichter dieser Menschen, die zu beiden Seiten unseres Automobils in Gruppen beisammen stehen und sich beraten. Ich sehe auch hier und dort welche mit steinkalten Augen und Mündern auf ihre Plätze in den Wagen zurücksteigen, um ihren Weg fortzusetzen – heimwärts. Das sind die, die die Fremde bereits ausgekostet haben. Und auch in die andere Wagenreihe steigen welche, die fliehen die Gefahr, die kennen die Fremde noch nicht. –

Wohin ziehen die einen und wohin ziehen die anderen? Und wir alle im Grunde, wohin? Ewig zerstört der Feind uns das Heim und ewig zieht es die bedrohte Seele zurück zum Zerstörten. Bis ans Ende der Zeiten ein ewiges Hin und Her zwischen der leeren Fremde und der gefährdeten Heimat. Woher kamst du, was suchtest du hier, wohin kehrst du zurück? Was ist es mit dieser Welt, was ist es nur mit dir und mir, mit Heimat und Erdkreis, Freund und Feind, Angst und Hoffnung, Kommen und Gehen, was ist das alles?

Eine Weile scheint es, als heitere sich der Himmel auf, es ist den ganzen Morgen ziemlich trüb gewesen auf der Landstraße. In voller Fahrt erreichen wir um Eins Insterburg und treffen um Sieben in Königsberg ein.

Kriegswinter

Der Lazarettzug

Durch die Rübenfelder, Wiesenäcker, auf denen das schwarz und weiß gefleckte Vieh weidet, kommt der lange Zug mit dem Roten Kreuz auf den Wagen langsam herangerollt. Drüben auf der Station gehen Leute auf und ab und warten auf den Vorortzug nach Berlin zurück. Hier draußen, im Freien, wo wir stehen, weht es heftig, der Wind bauscht die weißen Kittel der Ärzte, der Lazarettgehilfen, bringt die Schürzen und Haubenbänder der Schwestern zum Flattern, und sogar die Leinwandbespannung der Tragbahren auf der Erde klatscht wie Segeltücher um die eisernen Rahmengestelle.

Wir alle stehen da und zählen die langsam vorüberrollenden Wagen, und ich finde, ihre Zahl schon ist etwas, was mit Trauer erfüllt, ehe sich noch eine Tür des Zuges geöffnet hat. Pfeifend läuft die Lokomotive vor uns hin und zurück und rangiert die Wagenreihe in dreie um; auf dem vordersten Geleis stehen an zwanzig Wagen mit Schwerverwundeten.

Ehe noch das erste Tragbett auf der Plattform eines Wagens zum Vorschein gekommen ist, haben sich drei graue Gestalten militärisch wartend vor der Treppe des letzten Wagens in der Reihe aufgepflanzt. Diese sind keine Schwerverwundeten, sie haben sich aus eigener Kraft aus dem Wagen herausbegeben.

Der Mittlere hat eine sonderbare Uniform an. Es ist ein Mantel, wie ein gewöhnlicher Militärmantel zugeschnitten, aber es kann kein gewöhnlicher Militärmantel sein, denn seine Farbe ist eine absonderliche, die Mäntel der beiden anderen sind richtig feldgrau.

Der Mann in der Mitte hat seine Mütze übers Gesicht gezogen und hält den Kopf gesenkt, als schliefe er im stehen. Ich bemerke, dass die beiden neben ihm ihn stützen, aber seine Verwundung ist gar keine besondere, aus dem rechten Ärmel nur ragt ein weißer unförmiger Bausch hervor, das ist alles.

Zwei Schwestern gehen und holen den Mann; sie fassen ihn behutsam unter den Armen und führen ihn an mir vorüber zu einem kleinen abseits gelegenen Gleis hinter dem Bahnhof, wo auf schmalen Spuren eine Pferdebahn mit alten offenen Wägelchen steht und wartet. Der Verwundete bewegt sich stolpernd zwischen den Schwestern vorwärts. Er blickt nicht auf, seine Lider sind schwer und müde, es ist ein alter Mann. Mit der linken Hand stützt oder trägt er auf eine unsagbare Weise die rechte weiße, und sein Mund ist unter dem grauen ungepflegten Bart verzerrt und bewegt sich wie beim Kauen. Die derben Stiefel stolpern und stolpern. Man sieht den beiden Schwestern an, welche Mühe es ihre zarten Körper kostet, den Mann zu halten, der geht, als wollte er mit jedem Schritt auf das Gesicht fallen. Jetzt erkenne ich die sonderbare Farbe seines Mantels. Es ist ein richtiger vorschriftsmäßiger, feldgrauer Militärmantel, aber von oben bis unten besprenkelt mit getrocknetem, dann verwaschenem, tief in den Stoff eingedrungenem Blut. Bald sind die Schwestern zurück, an mir vorbei, und jetzt stehen schon lange Reihen von Bahren, mit Menschen beladen, auf dem Boden vor dem ersten Zug, der hinten die Lokomotive angehängt hat und zur Seite weichen wird, um dem zweiten Platz zu machen, wenn das Signal ertönt.

Da liegen sie auf ihren Bahren unter dem wehenden Wind und warten darauf, dass man sie forttrage; die Art und Weise, wie man sie aus dem Zug herausbefördert hat, ist mir entgangen, weil ich mich zu lange mit dem einen, dem Alten, dem mit der wehen Hand, beschäftigt habe, obzwar der ja bloß ein Leichtverletzter gewesen ist.

Auch jetzt kann ich mich noch kaum dazu verstehen, Einzelheiten ins Auge zu fassen, und müsste meine Aufmerksamkeit doch im Kreise herumführen um den weiten Plan, bis eine einzelne Figur gefunden ist, die möglichst schlagend das ganze Bild, das ich mir ansehe, um es zu schildern, bezeichnet und lebendig macht. Ich sehe aber nichts weiter als das Gesicht eines Arztes, der langsam von Bahre zu Bahre geht, sich niederbeugt, beiseite tritt. Dies ist das Gesicht eines Menschen, dessen Beruf es ist, in schmerzverzerrte Züge zu blicken, diese Verzerrung aber zu übersehen und auf das Wichtige und Entscheidende zu achten. Über dem Gefühl lebt die Kunst, und erst wenn diese ganz und gar zur Technik geworden ist, erfüllt der Arztmensch, der Arztkünstler seinen Beruf. Ich sehe mir dieses Gesicht an, und mich ergreift stärker, als ich es auszusprechen wage, der Ausdruck des Wehs, das darin aus Qualen und Entsetzen widergespiegelt ist. In diesem Gesicht, das doch kalt in zerrinnendes Menschendasein niederzubücken gewohnt ist, spiegelt sich tief und schmerzlich düster das schwere Verhängnis, das wir mit einem kurzen explodierenden Wort: Krieg nennen, auf eigene Weise wider. Fahnen und Musik flattern um dieses Wort, und ich habe es in Begeisterung über Köpfe und hochgereckte Hände und geschwungene Hüte weg auf zum Himmel brausen hören. Aber tiefer haben es die verschleierten Augen eines blutgewohnten, beherrscht und entschlossen das Nützliche wägenden Menschen zwischen ihren Wimpern eingegraben.

Langsam bewegt sich und sachte geführt die Reihe der Bahren vom Bahngeleise hinüber zur schmalspurigen Pferdebahn, die ins Dorf hinein zum Lazarett läuft. Der Zug ist an die vierzig Stunden unterwegs gewesen von einem Schlachtfeld im Osten und der Herbstwind betäubt die armen, überraschten, verschüchterten Kranken nur zu sehr. Auf einer Bahre liegt ein junger Mensch mit fiebernden Augen. Unter der Decke gewahrt man die unförmige Masse des verbundenen hochgelegten Beines. Auch der Rumpf scheint unnatürlich aufgedunsen unter der Decke. Die Augen des jungen Menschen sind weit offen, scheinen aber den Blick der über sie niedergebeugten Augen nicht zu erkennen. In den Händen, die auf der Decke gefaltet liegen, hält der Kranke wie eine kleine Blume eine runde Papiertüte fest. Was mag in dem Papier sein, was mag es vorstellen? Wie eine kleine geschenkte Blume, ja, nicht anders, halten sie die verschränkten Finger fest. Ich blicke in das Papier und sehe eine haselnussgroße Bleikugel wie in einem Kelch ruhen.

Nicht weit vom Platze, wo ich stehe, wird eine Bahre leise auf den Boden zurückgestellt. Um sie haben sich die Ärzte geschart, die uniformierten aus dem Zug und die weißbekittelten aus dem Lazarett. Eine ältliche Schwester kniet vor der Bahre, hält mit beiden Händen wie ein Opferbecken ein

Körbchen dem Oberarzt hin; im Körbchen ist Verbandszeug, ein Fläschchen mit Morphium, eine kleine Schale mit einem stärkenden Getränk, eine Glasspritze, Bindfaden, Nadeln und Ähnliches beisammen. Wie ich mich vorsichtig zwischen zwei Köpfen über den Verwundeten beuge, höre ich den Assistenzarzt neben mir das Wort flüstern: »Kolbenschlag«.

Vom Gesicht des Verwundeten ist nur die eine Hälfte zu sehen. Schädel und Hals sind mit Tüchern vollständig verbunden, von dem ganzen irdischgöttlichen Geschöpf, das von einem Schlachtfeld aufgehoben in tagelanger Fahrt hierher in des Reiches Mitte gebracht worden ist, ist nur ein Stückchen zu sehen und zu erkennen, das Antlitz, das Gott nach seinem Bilde geschaffen haben soll. In einer blutigen Masse, wie eine aus unterirdischen Dünsten aufgestiegene bläuliche Blase schwimmt an der Oberfläche des zertrümmerten Antlitzes ein von blauen und gelben Fibern durchkreuztes glasiges Auge. Ohne zu schauen, ohne zu fühlen, ahnend vielleicht nur noch, vielleicht aber auch schon weise geworden, über alle Begriffe wissend und um viele tausendemal mitleidiger geworden als alle die von Weh und aufgepeitschtem Gefühl verstörten Augen, die sich von oben zu ihm niedersenken.

Und die Bahren ziehen, ziehen in ununterbrochener Kette von dem Lazarettzug hinüber zur Pferdebahn, an uns vorbei.

Da sind schon welche unter den Bewohnern der hintersten Wagenreihe, die frohgemut und nur leicht verletzt, gründlich bandagiert und gut ausgeruht von selber aus dem Wagen gesprungen sind, und jetzt mit frohem Gesicht die Luft der Sicherheit im Lande einatmen. Andere aber haben den erstaunten, so seltsam wehmütig ergreifenden Zug hilfloser Kinder in ihren bärtigen Gesichtern. Diese, sie sind in der Mehrzahl, lächeln befangen, wenn ein Arzt oder eine Schwester ihnen Hilfe bietet; einzelne sind ganz stumm und starr angesichts der Tatsache, dass sie sich plötzlich nicht mehr selber helfen müssen, dass es vielmehr der Beruf von Männern und Frauen in sauberer und guter Kleidung und mit anständigen und freundlichen Gesichtern ist, ihnen Hilfe zu leisten. So erstaunt und ratlos schauen diese Menschen aus, wie arme Kinder, die zum erstenmal im Leben eine Weihnachtsbescherung daheim erleben, und auch diese nur leicht

Verwundeten dürfen Anspruch auf ein heimliches Zucken der Lippen vor der tödlichen Unbegreiflichkeit dieses Menschendaseins erheben.

Jetzt steht der Zug leer, und die Pferdebahn ist nach dem Lazarett abgefahren. Auf dem weiten, von Bahren und Tragsesseln gesäuberten Platz berserkert ein wildgewordener Bahnaufseher unter ein paar Arbeitern herum; diese haben sich neugierig in eine Ecke gestellt, und die wilde Respektperson versucht mit Stimmaufwand sie zu bewegen, dass sie sich zur Dienstleistung bequemen oder zum Teufel scheren. Es stehen noch ganz im Hintergrund einige eiserne Gartenstühle da, auf denen übersehen, verlassen und in sich zusammengesunken graue Soldaten sitzen. Auch ein Bett steht noch auf dem Boden, allein und abseits, auf dem liegt ein fahler Mensch und schläft.

Diesen Letzten sind keine Verletzungen anzusehen, es sind auch keine Verwundeten im gewöhnlichen Sinne; was ihnen fehlt, das zu erleiden, hätte es keines Krieges bedurft. Der eine hat einen schweren Anfall von Herzkrampf. Der andere scheint von irgendeinem Eindruck, irgend etwas, das der Mensch nicht sehen soll oder kann oder darf, im Innern so erschüttert worden zu sein, dass sich Augen, Ohren, Herz und Verstand davon nicht mehr loszureißen vermögen. Der auf dem Bett aber scheint zu sterben.

Ich stehe vor ihm, als die Ärzte, die weit vorn bei einem Automobil sich aufgehalten haben, herankommen. Der Stabsarzt hält einen Bogen Papier in der Hand, auf dem die Insassen des Zuges und das Elend im Zuge sauber in Kategorien und Rubriken eingeteilt zu lesen stehn. An dem Sterbenden aber sind keine äußeren Erkennungszeichen zu entdecken.

Die Wolken über uns ziehen sich bedrohlich zusammen, und ein scharfer Wind steigt auf von den Rübenfeldern.

Der sterbende Mensch liegt barhaupt da, sein Haar, so dünn und gelb, rührt sich nicht im Windeshauch. Der Stabsarzt neigt sich zu ihm nieder:

»Wie heißen Sie?«

Der Kranke schlägt langsam und schläfrig die Augen auf, und da er die Uniform eines Vorgesetzten erkennt, versucht er es instinktiv, sich stramm aufzurichten. Seine gelben Lippen bewegen sich. Der Stabsarzt, wir alle beugen uns nieder zu ihm. Leise wie einen Hauch hören wir das Wort:

»Lungenentzündung.«

Der Stabsarzt schüttelt den Kopf und wiederholt die Frage: »Nicht die Krankheit; wie Sie heißen, den Namen sollen Sie sagen.«

Der Kopf des Kranken ist schwer und mit geschlossenen Augen aufs Kissen zurückgesunken. Jetzt hebt er sich wieder in die Höhe, und leiser noch als das erstemal, langsam und mit äußerster Anstrengung artikulieren die Lippen:

»Lungenentzündung.«

Mit einer wunderschönen milden Handbewegung streicht der Stabsarzt über die feuchte Stirn des Soldaten weg, richtet sich dann auf und versucht auf eigene Faust aus der Liste den Namen und die Identität festzustellen. Ein Begleiter des Arztes deutet auf eine Rubrik in der Liste, und der Stabsarzt bückt sich tief zum Kranken nieder, spricht deutlich einen Namen aus. Wir alle blicken gespannt in das bleiche Gesicht auf dem weißen Kissen. Zum drittenmal versucht es der schwache Kopf, sich in die Höhe zu heben, zum drittenmal kommt es über die Lippen des Sterbenden:

»Lungenentzündung.«

Leute kommen herbei, Arbeiter und Lazarettgehilfen, heben die letzten Stühle und Tragbetten in die Höhe, und die Prozession bewegt sich langsam gegen die kleine Pferdebahn zu, vorwärts. Drin in den Wagen des Lazarettzuges riecht es scharf nach Blut, Karbol und Exkrementen. Eine halbe Stunde, nachdem der letzte Kranke den Zug verlassen hat, ist eine staunenswerte Ordnung und Sauberkeit in all diesen Räumen zu spüren, die in Friedenszeiten Speisewagen, Schlafwagen und Wagen vierter Klasse vorgestellt haben. Die eisernen Stangen und die Betten, die an ihnen befestigt sind, weisen pedantische Sauberkeit auf. Nur auf einem Bett ist ein blutgetränkter Wattebausch liegengeblieben. Daneben eine kleine Taschenbibel. Ich nehme sie in die Hand und finde ihre Blätter mit Blut zusammengeklebt, über dem Bette an der weißlackierten Wand ist ein koloriertes Täfelchen mit Reißnägeln angenagelt. Auf dem Kärtchen steht in einem Rahmen von Blumen und Früchten:

»Liebet eure Feinde; segnet, die euch fluchen; tut wohl denen, die euch hassen.«

Über allen Betten an den Wänden sind solche Täfelchen mit Bibelsprüchen befestigt.

Wie ich wieder draußen bin, sehe ich in der Ferne den letzten kleinen Pferdebahnwagen langsam von dannen rollen. Auf ihm hat der sterbende Mann Platz gefunden, und wie groteske Schatten sitzen die grauen Zusammengesunkenen, der Herzkranke, der bewusstlos vor sich Hinstarrende, alle diese nicht verwundeten, nur ganz einfach unbrauchbar gewordenen, erledigten Menschen, in genau derselben Stellung, in der ich sie vorher auf ihren Stühlen sitzen gesehen habe. Aufrecht vor ihnen stehen auf dem Wagen, der langsam holpernd in der Dorfstraße verschwindet, die Ärzte, die Gehilfen, die Schwestern.

Es ist die Zeit, um die die Schuljugend aus der Schule herausströmt. Neugierig drängen sich die Abc-Schützen um den langsam rollenden Wagen, suchen einen Blick auf die Soldaten zu werfen, schieben und drängeln und schreien unartig und possierlich durcheinander. An der Weiche hält die Pferdebahn einen Augenblick still und lässt den mit Pferden bespannten, aus dem Lazarett leer zurückkehrenden Wagen vorbei. Diesen stürmt die Schuljugend im Nu, der gutmütige Kutscher spornt die Pferde zum Trab an, und jauchzend und jubelnd fahren die Kinder durch die Dorfstraße nach dem Bahnhof hinaus, wo der leere Lazarettzug steht.

Die Wunde

Aus dem Lazarettsaal, in dem ich eine Stunde zwischen den Betten der Leicht- und Schwerverwundeten verbracht habe, ruft mich der Assistent zum Oberarzt in den Operationsraum.

Im Korridor sitzen und stehen rauchend, blass, aber im allgemeinen guter Dinge, die weiß und blau gestriften Gestalten herum und warten, bis die Reihe an sie kommt.

Der Oberarzt nickt mir zu, eine Schwester macht Platz und lässt mich in den Kreis eintreten, der sich aus hilfeleistenden Pflegerinnen um einen jungen sitzenden Soldaten gebildet hat. Er hat den Oberkörper entblößt und einen dicken Verband auf seinem Arm. Dies ist der Patient, von dem mir der Oberarzt gesprochen hat.

»Werden Sie den Anblick ertragen?« fragt mich der Arzt, während die Schwestern, unter Besprengung des Armes mit einer Sublimatlösung, die Mull- und Watteverbände langsam vom hellen dünnen Kinderarm abwickeln.

»Nun, es ist nicht die erste Wunde, die ich sehe,« erwidere ich und sehe zu, wie die Verbände weniger werden. Der junge Soldat blickt lächelnd zu mir auf, und wir werden einander vorgestellt. Mit ein paar Worten erzählt er mir die Geschichte seiner Verwundung. In einem Wald in Frankreich, von einem Baum herunter kam der Schuss geknallt, als er mit einigen anderen die Höhe stürmte. Man hat den Schützen heruntergeholt, es war ein Turko, und nachher hat man die verdammten Geschosse bei ihm vorgefunden, oben abgesägte, in der Mitte eingekerbte Geschosse. Denn dies hier ist eine Dumdumwunde.

Der Soldat erzählt einfach diese gewöhnliche Geschichte her, wie Patienten in Hörsälen ihren Fall vorzutragen pflegen. Er trägt ein nettes, bescheidenes Wesen zur Schau, der blonde intelligente Bursche, aus seinem blassen Gesicht blicken blaue Augen treuherzig den Besucher an. Plötzlich ist es aber, als fingen diese Augen an, sich zu trüben. Der Blick wird unstet, irrt vom Besucher ab zu den Gesichtern der Schwestern in der Runde, zu den ernsten niedergebeugten Gesichtern des Oberarztes, des Assistenten, flattert ängstlich, wie ein kleiner Vogel gegen Gitterstäbe, hilfesuchend von Gesicht zu Gesicht, die Züge verzerren sich leise, es sieht fast wie ein kurzes verlegenes Lachen aus, kann aber ebensogut als ein Grinsen des Schmerzes gelten.

Mull und Watte sind vom Arm fort, auf der bloßen Haut liegt ein großes viereckiges Stück Verbandtaft, das sich unter dem Sublimatregen langsam, ganz langsam löst, loslöst, in die Höhe gehoben wird, an den Rändern eine schwarzbraune Spur aus Klebestoff und verbranntem Fleisch zurücklassend.

Nun liegt die Wunde bloß. Sie ist ein großer gelb, rostrot und grünlich anzuschauender Trichter, an der Oberfläche des

Armes wie ein Fünfmarkstück so groß etwa, ein Krater, der sich tief hinunter zum Knochen zu verjüngt; der Knochen selbst, ein weiß unter gelblichen und rötlichen Fasern freiliegendes Rohr, ist ebenfalls zertrümmert und in Splittern, unter dem geborstenen Rohr schimmert's weich wie Mark. Fein behutsam tupfen die geübten Finger der Pflegerinnen mit kleinen befeuchteten Watteballen in den Krater hinunter, ziehen die farbig angelaufene Watte aus dem Krater wieder herauf, streicheln zart die schrägen Wände des Kraters entlang, in die Höhe und zurück, im Kreise, in der Spirale hinab und hinauf.

Ich richte mich ein wenig auf, mein Gesicht ist das einzig erhobene über all den niedergesenkten Gesichtern, den aufmerksamen, stillernsten und dem einen, unter dessen schräg offen stehenden Lippen die zitternde Zunge zum Vorschein kommt.

Die Wunde ist jetzt ganz gesäubert, und die Watteballen gehen nicht mehr ihren Weg in den Krater hinab und zurück. Der Oberarzt spricht zu mir. Er hat die Spitze seines Zeigefingers in die Wunde hinuntergesenkt, ohne das Fleisch, den Knochen noch das Mark zu berühren. Er erklärt mir: dies hier ist vier Wochen alt und eigentlich schon in der Heilung begriffen. Eine normale, von einem vorschriftsmäßigen Geschoss verursachte Wunde würde an dieser Stelle bis zur gänzlichen Vernarbung etwa drei Wochen brauchen, im ärgsten Fall einige Tage mehr. Sie würde auch nur ein Einschussloch von dieser Größe und solchem Kanallauf verursachen; der Finger des Arztes hebt sich sachte aus dem Krater hinauf, beschreibt in der Mitte einen kleinen Kreis, senkt sich sodann wieder bis auf den Ort nieder, wo die weiße zersplitterte Röhre in der Größe eines Fünfpfennigstückes freiliegt inmitten des auseinandergesprengten Fleisches.

Die Stimme des Arztes erhebt sich zu einem tollkühnen, rauschenden Auf und Nieder, einer heulenden Windsbraut, die durch die Gänge des Hauses gezogen kommt, durch die Fenster, ja die Wände durch, in die Kronen der alten Bäume draußen, in die Waldeswipfel fährt, so dass diese sich biegen, Äste bersten, Zweige knacken und in einem Regen auf uns

niederfallen. In einen weiten sandigen Trichter wälzen sich
von oben ungezählte runde, tiefer aber auseinanderlaufen-
de und versickernde Ströme von Blut; ihnen nach rollen die
Kadaver der Pferde, die Leichen der grauen Krieger, aus denen die Ströme springen; unaufhörlich quellen die Ströme
wie rhythmischer Gesang. Ineinander verbissen kollern und
poltern Menschen, Wagenräder und Geschützrohre mit lebenden greifenden Armen, sich überschlagend, die Böschung
hinunter, aus deren Abgrundstiefe immer mehr, immer lauter die rasende Schlacht emporgekrochen, kochend mit Geschrei und Windesfauchen emporgewirbelt kommt. Wildes
wütendes Empor begegnet und schmilzt ineinander mit immerfort und fort niederschießendem Hinunter. Hellgefärbtes
Wehklagen wimmert aus der Tiefe und wird dunkel zurückgeschlagen in den Schlund des offenen blutigen Rachens. Die
niederstürzende Masse dreht sich wie eine Wolke flockig und
rasch im Kreise herum, quillt dann über die Ränder auseinander und bleibt wie ein Ball schweben in der Atmosphäre.

Der Assistent hebt seinen Kopf, sieht mich an und fragt:
»Ist Ihnen nicht wohl?« Ich antworte: »Wenn ich Sie bitten
dürfte, ich möchte gern an die Luft.«

Die Utopie

September 1915, Berlin
Eines dürfen wir nie, nie wieder vergessen: dass wir uns in diesen Tagen mit Riesenschritten der sozialen Utopie genähert
haben. Dass wir hierzulande heute einen Zustand der Verbrüderung erleben, dessen Kommen und Eintritt vor Wochen
noch der wildeste Phantast nicht hätte für möglich gehalten.
Wer die Menschennatur durch alle benebelnden Phrasen und
durch das Gewölk des Augenblickes hindurch zu betrachten
gewohnt ist, und heut noch zu betrachten vermag, wird die
Ursache dieses Zustandes, dieser Gesinnung in der gemeinsa-
men Not, Bedrängnis und Hoffnung erkennen. In Friedenszeiten fällt der eine über den anderen her, weil in der Menschennatur der Trieb zur Herrschaft über den Nächsten, zum

Niederstoßen des Nächsten, wenn auch nicht dominiert, so doch in beträchtlichem Quantum vorhanden ist. Diesen Trieb haben wir, die wir innerhalb unserer bedrängten Landesgrenzen leben, wie alle die anderen Nationen auch, jetzt in vollem Maße nach außen projiziert; aus tausend Kanonenmündern schießt dieser Trieb den feindlichen Mitmenschen jenseits der Grenze über den Haufen. Es ist ein ungeheures, wunderbares Erlebnis, zu sehen, wie die gemeinsame Sache die schutzbedürftigen, hoffnungsbedürftigen Menschen eng aneinander treibt, sie verbrüdert und verschwistert – aber vergessen wir es keinen Augenblick, dass die Höhlenbewohner der Bronzezeit dieses Bedürfnis der Verbrüderung ebenso innig und gebieterisch empfunden, ihm ebenso willig Raum gegeben haben wie wir Menschen des zwanzigsten Jahrhunderts.

Renan behauptet, die Moral mache keinen Fortschritt – und wir, die wir Kunde von der Entwicklungsgeschichte der Erde haben, dürfen sagen: Die Spanne, die unser Jahrhundert von der Bronzezeit trennt ist ein kurzer Augenblick – ein Wimpernzucken des allmächtigen, ewigen Gottes, der diese Welt der Qual und des Irrtums erschaffen hat. Trotzdem bleibt Renans Wort ein feines Paradox und nichts weiter.

Sehen wir uns den Nächsten an, der unsere Schlachten für uns schlägt und unsere Siege bereitet, und sehen wir uns unseren Nächsten an, dem wir helfen, dass er essen könne und sein Leben friste über die schreckliche Zeit hinaus, die wir alle durchleben. Sehen wir uns den ins Feld ziehenden Wehrmann an, der unser Schicksal in den Händen hält, und sehen wir uns das kleine Kind des Arbeitslosen an, mit dem wir unsere Nahrung teilen. Sehen wir uns auf der Straße nach Menschen um, die sich um ein noch feuchtes Zeitungsblatt zusammenrotten, und blicken wir durch die Fensterscheibe zu dem Manne hinein, dessen Feder in beschwingter Eile Hoffnung und Zuversicht für Hunderttausende auf das Papier streut. Wir alle leben in diesen Tagen von allen und mehr denn je für alle. Ja, wir alle, eingefasst und umgeben von den Grenzen dieses geheimnisvoll mächtigen, wundertiefen, allen Strömen der Gerechtigkeit und Erhebung zugänglichen und offenen Landes, gegen das die Scharen der Welt heranrücken, wir alle hier innen leben heut für alle.

Wer wird noch aufgeblasen und verrottet genug sein, eine höhnische Miene aufzusetzen, wenn ich vor ihn hintrete mit ausgestreckter Hand und zu ihm spreche: Bruder, mein Bruder! (O es gibt welche, ich weiß es, und gegen die wird meine Faust geballt und schlagbereit bleiben über den Krieg hinaus und solange ich Muskelkraft in meinem Arm habe, um die Faust zu ballen, das habe ich mir gelobt!) Wer wird so elend und verachtungswürdig sein, die Hand wegzuschlagen, die sich ihm, Hilfe und Nahrung heischend, in diesen Tagen entgegenstreckt? (Keiner! Das gebe Gott!)

Aber diese Tage der Prüfung, der Not und der Erhebung, in denen sich das Gewissen zu unerhörten, ungeahnten Höhen emporgeschwungen hat und die brütende, kleinliche Last unseres Alltags tief, tief unten verschwunden ist, werden ein Ende haben. Soll dann alles vorüber sein? Der herrliche Augenblick, in dem wir alle Genossen und Brüder waren, soll verflogen sein wie ein Rausch, den man ausgeschlafen hat?

Das, o Mitmensch, darf nicht geschehn! In fernen Jahren wollen wir auf diese Tage der Bedrängnisse und der weisen Güte nicht mit gerührter Sentimentalität zurückblicken, sondern wir wollen sie als Ausgangspunkt einer höheren Erkenntnis der Menschheit grüßen!

Von »gottgewollten Abhängigkeiten« haben wir genug gehört in früheren Tagen. Und wem gellt nicht das Zarenmanifest an »seine lieben Juden« im Ohr?

Soll nach dieser Zeit, die heute jeder von uns durchlebt, dieser gewaltigsten Zeit seit Gedenken des heute lebenden Menschen die alte Lauheit, Halbheit, Hass und Überhebung, Lüge, Hochmut und Bedrückung wieder Besitz ergreifen von uns allen? Das soll nicht geschehen. In den Frieden, in die Zeit, da der Alltag wieder seine Machtstellung einnehmen und das Heute, das wir erleben, Geschichte geworden sein wird, wollen wir nicht lediglich die Erinnerung an die soziale Utopie mitnehmen, nicht das sentimentale Nachsinnen einer Zeit der Einigung, sondern wir wollen lieber zu bleiben trachten, was wir heute zu werden im Begriffe sind. Unsere träge, von den Kämpfen und Plackereien des Alltags zermürbte Natur soll heute in dem reinen Feuer ihre Schlacken einschmelzen, bis sie dasteht, wie sonst nur in den Augenblicken des Gebetes, im höchsten Schmerz und der lautersten Freude. Dort oben, wo es nicht hoch und niedrig, nicht arm und reich, nicht klug und dumm, nicht Freund und Feind gibt, nur Menschen und Menschen, wollen wir verweilen und uns in Hütten und Zelten heimisch machen! In jedem Menschenherzen ist heutigen Tages eine Stoßkraft lebendig, vor der die Festung der Ignoranz, der Unduldsamkeit, der Rechthaberei, der Habgier nicht lange mehr wird standhalten können. Wir wollen diese Festung zu Pulver zerschießen, und die Anzeichen sprechen dafür: Wir werden diese Höhe nehmen. Eines wollen wir nie wieder vergessen: dass wir in diesen Tagen der blendendsten Wahrheit, die unseren Menschenaugen noch zu schauen gegeben ist, ins Antlitz geblickt haben.

Das Gefangenenlager

Hier gehen wir. Vor uns zieht sich ein Zaun aus Stacheldraht dahin. Hinter diesem Zaun spaziert ein Posten mit aufgepflanztem Bajonett. Dann wiederum ein Stachelzaun. Und hinter dem eine ungeheure wellige Sandfläche, auf der einzelne verstreute Gruppen, farbige Punkte und bunte Flecke, Menschen in Uniformen, knallig rot, türkisblau, abenteuerliche Ornamente, senfgelb, ungewöhnliche Mützen, bärtige Gesichter, Milchbärte, schlanke, hurtige und saumselig schleppende Säcke sich hin und her und durcheinander bewegen. Ein seltener Anblick, höchst seltsam, einprägsam und für lange Zeit berechnet in der Erinnerung.

Wir hier draußen sind nur eine Spiegelung des Bildes von drüben, obzwar wir ja die Freien sind und jene die Gefangenen. Wenn wir uns an den Stachelzaun stellen und neugierig hinübergucken, so sehen wir drüben welche von den bunten Menschen, die sich neugierig vor ihrem Stachelzaun aufgepflanzt hoben und mit offenem Mund zu uns herüberstarren. Und es gibt genug hüben und drüben, die an Stehen und Starren ein Vergnügen finden und sogar Genugtuung; das mag uns nicht anfechten.

Ich habe mich von der Gesellschaft, mit der ich hierher gekommen bin, ein paar Schritte weit weg begeben, und gehe so für mich hin, den Zaun entlang. Drüben hinter dem anderen Zaun geht einer in derselben Richtung wie ich. Es ist ein französischer Infanterist, er geht allein, geht nicht rasch, er hat ein junges, blondes Gesicht und trägt einen Kneifer, er blickt zum Himmel hinauf und dudelt vor sich hin. Seine Uniform ist alt und zerschlissen, aber sauber gehalten, wie ich sehe. Er geht im gleichen Schritt mit mir, und da weder um ihn noch um mich herum Leute gehen, kann ich genau die Melodie hören, die er vor sich hindudelt. Da ich diese Melodie kenne, falle ich, fast ohne es zu beabsichtigen, in sie ein, und so gehen wir beide im selben Takt und mit derselben Melodie auf den Lippen vorwärts, der gefangene Franzose und ich. Nach einigen Schritten blicke ich verstohlen hinüber und bemerke, dass der Gefangene stehen geblieben ist und mit aufmerksamem Blick meinem Gange folgt. Er hat sein Gedudel abgebrochen, ich aber meines nicht; ruhig gehe ich weiter, beende die Melodie, soweit sie mir bekannt ist, und fange dann von vorn wieder an. Die Worte der Melodie heißen:

»C'est la lutte finale,

Groupons-nous, et demain

L'Internationale sera le Genre Humain!«

Der Refrain der »Internationale«, des alten Kampfgesanges. Ich kenne ihn genau, habe ihn oft und oft, in Paris, in Versammlungen, mitten im dichtesten Volkshaufen stehend, im Marschtakt der dröhnenden Scharen mitgesungen – einmal auch auf einem unermesslichen singenden Hügel gegenüber einer Friedhofsmauer. Es war ein wunderbares Gefühl, unter dem freien Himmel, ich erinnere mich, es war ein Sonntag wie heute.

Wo wir sind, steht kein Posten, sind keine Gefangenen, keine Leute zu sehen. Plötzlich höre ich: »Monsieur!« Ich bleibe stehen, der Franzose auch; so nahe steht er an den Zaun gedrückt, dass die Stacheln ihn berühren. Halblaut wiederholt er: »Monsieur!« Ich trete an den Zaun, möchte etwas hinüberrufen, besinne mich, es fällt mir nichts ein, wir schauen uns einen Augenblick lang stumm in die Augen, dann muss ich mich räuspern, ich sage im selben gepressten Ton wie er:

»Pourquoi a-t-on assassiné Jaurès?«

»Quelle perte pour l'humanité, quelle perte!« höre ich ihn von drüben.

Ich versuche zu scherzen. Der Gefangene erinnert mich an einen Studenten, mit dem ich vor langer Zeit im Pariser lateinischen Viertel die Mahlzeiten in derselben kleinen Cremerie einzunehmen pflegte. Es ist der gleiche Typus. Die Uniform trägt er, wie alle Franzosen, salopp und wie etwas Zufälliges, Zeitweiliges, das man ablegt und vergisst, fast als Mummenschanz. Ich erinnere mich an Mummenschänze in Paris, in den Mittfasten, wo es unter den Kostümierten auch welche gab, die Uniformen als Maskenkostüme trugen. »On est mieux sur le Boul' Michel« rufe ich ihm scherzend zu.

Er schweigt eine Weile, flüstert mir dann seinen Namen zu und die Bitte, ich möchte ihm schreiben. Was denn, was könnte ich ihm wohl schreiben ... Nichts, eine freundliche Zeile nur, ich brauchte ja gar nicht zu unterschreiben, er wüsste ja schon, von wem es sei. Ich schüttle den Kopf, sehe ihn an. Schreiben, es geht nicht an, wie er sich das denke, schreiben! Nur ein Wort auf eine Karte, ruft er mir halblaut herüber, etwa das Wort: »Camarade!« nichts weiter. Aber auch dies kann ich ihm nicht versprechen. Darauf besinnt er sich und schlägt vor, wir sollen uns nächstes Jahr, vielleicht auch erst in zwei Jahren, oder im dritten, am Nachmittag dieses selben heutigen Datums vor dem Café d'Harcourt treffen. Er wiederholt: »La terrasse d'Harcourt, vous savez!«

Das Café d'Harcourt aber ist ein schlüpfriges Studentencafé von üblem Ruf. »Je veux bien!« rufe ich hinüber und wir stehen da und lachen uns einen Augenblick gerührt an, Auge in Auge.

Plötzlich ertönt eine Stimme hinter mir. Sie steigt in die Höhe wie eine Rakete und schwingt dort im Diskant. »Unwürdiges Benehmen! Steht da beim Gitter und schwatzt mit den Gefangenen.« Ich sehe in ein kleines, rundes, von Hitze und Entrüstung hochrot angelaufenes Gesicht. Auf das Geschrei sind andere herbeigelaufen; bald sind wir beide, ich und der Kurzatmige, Wütende, mit seinem Stock vor meiner Nase Herumfuchtelnde, von einem neugierigen Publikum umgeben, das für mich Partei ergreift und für den anderen auch. Die feindliche Partei ist, das bemerke ich sofort, in der Überzahl. Nur ein schwächlicher blonder Mensch neben mir wiederholt einmal über das andere: »Es sind doch auch Menschen.« Und eine Frau, die mit ihrem Kinde da ist, bemerkt, dass unsere Gatten und Söhne in Feindesland doch auch gefangen sind und hoffentlich auch nicht wie die wilden Tiere behandelt werden. »Das ist doch nicht Hagenbeck hier,« behauptet ein alter Mann und sieht missbilligend zu dem wütenden Kurzatmigen hinüber, der mitsamt seiner Gefolgschaft dabei bleibt, dass das ein unwürdiges Benehmen und überdies von der Polizei verboten sei. Jawohl, verboten! Wohin käme man, wollten sich die Leute hier herüben noch freundschaftlich zu dem Feinde verhalten? Der junge Blasse auf meiner Seite behauptet fest, die drüben seien Menschen. Die Gegenpartei aber erwidert scharf, es seien Feinde, und es sei verboten. Mein Parteigänger und einer von der Partei des Aufgeregten haben halbaufgegessene Würstchen in der Hand, da sich auf der Wiese gegenüber, ein paar Schritte weit von uns, eine Wurstbude befindet. Im Gefangenenlager beim Zaun hat sich um meinen Freund eine Ansammlung von verschiedenfarbig gekleideten Leidensgefährten gebildet. Ein Belgier ist darunter, noch drei oder vier Franzosen, und diese unterhalten sich gestikulierend und angeregt über das Ereignis, das die Monotonie ihres Daseins angenehm unterbricht. Ein breiter Russe mit Schaftstiefeln, staubfarbigem Kittel und gequetschtem Kalmückengesicht steht bei ihnen und guckt unter seiner schiefen Tellermütze bald auf seine Gefährten, bald zu uns herüber.

Ernst und bedächtig marschiert der Landsturmposten im Raum zwischen den Stachelzäunen an den Gruppen der sich Streitenden vorbei. Leidenschaftliche Schreie ertönen, rufen den Posten als Schiedsrichter an. Der Posten kennt seine Instruktion und marschiert mit verachtungsvollem Blick zwischen den Stachelzäunen seines Weges dahin.

Über die Köpfe der Leute weg, die in ihrem Streit über Dürfen und Verbotensein mich und den Franzosen längst vergessen haben, sehe ich, nicht weit vorn, wo die Wiese aufhört und der Wald beginnt, meine Gesellschaft gehen.

Ich blicke nochmal zu dem jungen Franzosen hinüber, er ruft mir lachend etwas zu, was ich nicht verstehe, ich hebe aber bloß die Hand über meinen Kopf, die Handfläche dem Gefangenenlager zugewendet, und gehe dann davon, plötzlich taucht ein untersetzter, breitschulteriger Mann mit einem Detektivgesicht neben mir auf, sieht mir von der Seite her ins Gesicht herauf und fragt gedämpft: »Was war das für ein Zeichen, das Sie dem Mann gegeben haben mit der Hand?« Ich schaue friedlich und mit gutem Gewissen in das Gesicht unter mir und erkläre: das sei das heilige Zeichen der Chippewa-Indianer gewesen und seine Bedeutung sei: Friede und Wohlergehen den Deinen und Meinen auf Erden und in den ewigen Jagdgründen.

Die Parabel vom Brunnen

In diesen Tagen versuche nichts zu erfinden, wage es nicht, zu erfinden. Lege die Feder weg und lege die Hand an die Ohrmuschel: horch, die Welt singt.

Diese Welt ist ein zerklüftetes, zerstampftes Gefild geworden, und in der Erde sind die Saaten vernichtet. Aber dem Wind, der über die blutigen Schollen wegzieht, kann es nicht gewehrt werden, dass er Dunst und Laut mit sich führe, und aus diesen sind die Gesänge gewoben, von denen in diesen Tagen die Welt erbraust.

Wo eine rote Wolke über der Abendsonne auf dem Himmel steht, hat sie ihr Wasser aus Tränen und ihre Farbe aus Wunden gesogen, und wo ein Echo an dein Ohr geschlagen kommt, sei versichert, es ist voll von Stöhnen und Weh und von Jauchzen, das der Tod abgebrochen hat.

Viele sagen dir: Du in der Stube, schweig! Diesen antworte: Wer von denen, die heute erleben, versteht sein Erlebnis? Hier in der Stube verzittert die letzte Schwingung des Erlebens, das sich draußen irgendwo begibt, und da darf sich die Hand langsam wieder vom Ohr herunter biegen zur Feder, die da liegt, und sie anfassen – aber nicht eher als die letzte Schwingung ganz zu Liebe und Ruhe und Gott verzittert ist im Herzen des Horchenden.

In den Zeiten, in denen die Saaten verkommen, blühen die Früchte, von denen die Herzen leben, so wurden wir

Menschen geschaffen. Wieviel Blut gehört in den Boden hinein, damit die Frucht gedeihen könne, von der die Herzen sich nähren? Zu Zeiten das Blut eines einzelnen Menschen, zu Zeiten das Blut einzelner Nationen, zu Zeiten das Blut der ganzen Menschheit. Das alles saugt die Welt in sich und ändert sich nicht, was auch an der Oberfläche sprießen und gedeihen möge.

Horch dorthin, wo jetzt die große Schlacht tobt und die Söhne der Völker sich begegnen, die nicht den Namen des anderen kennen, die nicht wissen, wofür und wogegen sie kämpfen, nicht einmal das Land kennen, in dem sie kämpfen, weil sie Tag und Nacht in Eisenbahnen rasend rasch hinsausen und dann nach der Ankunft ausgeschüttet worden sind über der fremden Erde. Eines nur kennen sie: jeder sein Kommandowort und wissen nur eines: Sie haben zu gehorchen. Hunger, Durst, Schlaf und Atmen ist ihnen befohlen und untersagt, je nachdem das Kommandowort ertönt oder schweigt, sie liegen in Gräben, die sie selbst gegraben haben, auf einem weiten und friedlichen Feld in Galizien, auf dem vormals große Rinderherden gegrast haben müssen, denn der Boden trägt Spuren von Hufen und der Brunnenrand ist abgescheuert vom Herandrängen des Viehes an die Holzplanken.

Die vom Norden herbeikamen, haben sich in den nördlichen Schützengräben eingegraben, und die aus dem Süden herbeikamen, liegen im südlichen Graben auf der Lauer. In der Mitte zwischen den Gräben steht hoch und schweigsam der Brunnengalgen, an dem der Eimer hängt, tief unten im Wasser, das den Schacht ganz ausfüllt. Auch wenn man nicht hinunterblickt, ist zu sehen, dass der Schacht voll von Wasser steht, denn die Stangen, aus denen der Galgen gebildet ist, schwingen leise auf und nieder, auf und nieder.

Die Tage sind heiß und die Nächte sind sternenklar, und immer lauern Augen aus den Schützengräben hinüber zueinander bei Tag und bei Nacht und lassen einander nicht aus den Augen. Die Gewehre stehen dicht bei den Augen auf der Lauer, auch sie haben runde, lauernde Augen mit Verderben tief unten in ihren Kammern – aber kein Kommandowort ertönt, schon seit zwei Tagen, zwei Nächten keines.

Und in der dritten Nacht da begibt es sich: Plötzlich steigt aus einem der Schützengräben, es ist der südliche, Gesang herauf! Erst singt eine Stimme, dann mehrere. Ein Lied, traurig und langsam, steigt zu dem Nachthimmel hinauf. Die Ungarn singen ihr Lied vom »Brunnen auf der Heide«, in dessen Wasser die Sterne hinunterfunkeln. Es ist ein altes ungarisches Lied, die Soldaten haben es nicht erfunden, seit hundert Jahren singt man es, im Süden, wenn die Zigeuner spielen und die Köpfe schwer auf die aufgestützten Hände niederdrücken.

Die im nördlichen Graben hören den Gesang und horchen in der Nacht hinüber. Keiner kennt die fremde Melodie, keiner versteht die Worte des Liedes, nicht die Soldaten und nicht die Offiziere. Alle horchen, was die klare Nacht herüberbringt.

Und dann ist's ruhig.

Aber nach einer Weile steigt ein Gesang in die Höhe, und ein dreisaitiges Instrument begleitet zirpend den melancholischen Gesang in der Nacht. Es ist ein altes russisches Lied, das das Volk auf den östlichen Steppen singt, oben wo die Uralhügel im Flachland verlaufen. Die Russen singen ihr Lied vom Brunnen auf der Steppe, in dessen Wasser die Sterne hinunter funkeln.

Die im südlichen Graben horchen auf, aber keiner kennt die Weise, keiner versteht ein Wort, weder Mannschaften noch Offiziere. Alle horchen, horchen nur auf den melancholischen, wilden, traurigen Gesang, den die helle Nacht in die weite Einöde hinfegt, tief in den Graben hinein, wo die matten, untätigen Männer zwischen Schlaf und Wachen liegen, schon die dritte Nacht, von keinem Kommandoruf aufgerüttelt. –

Am Mittag des nächsten Tages, die Hitze war unerträglich geworden, das ausgetrocknete Erdreich kollerte in Klumpen vom Rand der Schützengräben hinunter auf die Lauernden, da bemerkten die im südlichen Graben plötzlich, wie drüben eine Mütze, ein Kopf, zwei Schultern in die Höhe gekrochen kamen. Langsam schwang sich ein Russe im grauen Kittel hinauf auf das Feld und schritt langsam auf den Brunnen zu. Er war ohne Waffe. Er stand bald vor dem Brunnen, bückte sich, holte den Eimer aus dem Schacht herauf und trank lange in sich hinein.

Im südlichen Graben lagen alle Gewehre schussbereit. Aber kein Schuss wurde abgegeben.

Dem einen Russen folgte ein zweiter. Dann zwei andere. Viele andere diesen Zweien. Alle kamen sie ganz langsam über das Feld geschritten, standen um den Brunnen, erquickten sich und kehrten in ihren Graben zurück.

Am Nachmittag wagten die Ungarn den Gang zum Brunnen. Zwei zuerst, dann noch zwei, und schließlich viele; alle die Dürstenden aus dem Schützengraben. Und kein russisches Gewehr ging los, im nördlichen Graben kein einziges.

Aus der Tageshitze wurde Nachtkühle über der Erde, und wieder schimmerten die Sterne über dem Brunnen. Und als am nächsten Tag die Hitze wiederkehrte, da gingen die Feinde sorglos, jeder aus seinem Versteck heraus, zum Brunnen und löschten ihren Durst. Es traf sich, dass einmal Russen da standen, als Ungarn kamen. Und sie reichten einander den Eimer und lachten sich an, aber sie sprachen nicht miteinander, denn sie waren ja Feinde, und außerdem verstand ja auch keiner die Sprache des anderen.

In den Gräben bewegten sie sich jetzt freier, wagten es, die Mütze und den Kopf über den Rand zu heben, die Feinde blickten über das Feld hinüber zu den Verstecken, und in ihren Blicken lag keine Feindschaft.

Bis auf einmal das Kommandowort ertönte ...

Es war von weither gekommen, Signale, Schallwellen hatten es herübergetragen aus Zonen, die denen im Schützengraben nicht erkennbar waren. Nicht einmal die Richtung hätten sie bestimmen können, woher der Befehl gekommen war. Unter den Offizieren im nördlichen Schützengraben war's mit einem Mal aufgeflogen. Im nächsten Augenblick lagen die Waffen schussbereit.

Hüben und drüben knatterten die Schüsse. Die Feinde sprangen über den Rand der Gräben; die Flinkeren suchten und fanden Deckung hinter der Brunnenwand, Bajonette schossen vorwärts.

Als die Sterne diesen Abend ins Wasser des tiefen Brunnens hinunterfunkelten, da lag die Wiese voller Leichen und das letzte Stöhnen verröchelte leise, wie ein abgebrochenes, melancholisches Lied, das einer singt, der in der Ferne sterben muss. Der Brunnen stand schweigend und groß unter dem Nachthimmel und der Eimer schaukelte leise in dem Wasser des Schachtes auf und nieder.

Horch auf den Gesang, von dem die Welt erbraust in diesem Augenblick. Hier innen ist's still und warm zur nächtlichen Stunde. Woher kommt dieses Weh, da du ja von der Frucht gekostet hast, von der die Herzen leben? Aus dem Geschmack, der scharf ist vom Blut, womit der Nährboden gedüngt ist? Von Urzeiten her singt die Welt nur diese eine Weise vom Wasser und vom Blut. Wie das Wasser durch die Erde strömt und das Blut durch die Adern rinnt, die Welt weiß von nichts anderem zu singen.

Mit bitteren Lippen wiederhole du den Gesang der Erde.

Diese Zeit ertragen

September 1914, Berlin
»Halten Sie es aus?« Diese Frage wird jetzt oft an einen gestellt. »Wie erträgst du's nur«? Auf diese Frage muss man jetzt oft Antwort geben. Man könnte sich denken: es sei Feigheit, wenn ein Zuhausegebliebener an einen Zuhausegebliebenen diese Frage stellt und ein Feiger antworte einem Feigling. Man konnte sich die Antwort auf solche Frage so denken: was ist denn das, was du zu ertragen hast, was ich auszuhalten habe, gegen das gehalten, was die im Felde, vor dem Feuer der Feinde in diesem Augenblicke ertragen? Immerhin, wir Zuhausegebliebenen haben es schwer genug. Der Ausgeschaltete, für den die Lenker des Geschehens keine Verwendung haben, der zur Untätigkeit Verdammte, den mannigfache Hindernisse sogar von seiner gewohnten Arbeit zurückhalten, der Eindrücken vieler Art willenlos preisgegeben ist, sie nicht in die Tat umsetzen kann – er hat's nicht leicht in diesen Tagen. Das Grauen über den Zustand der Welt Körper an Körper zu fühlen, den Aufschwung zu erleben, den gute Nachricht verursacht, und den Druck auf die Seele, wenn Nachrichten lange ausgeblieben sind ... Der Gedanke an die Toten und

die Röchelnden in der Ferne ... Der Anblick der Verwundeten zu Hause und der Anblick jener, die Abschied nehmen ... Der Gedanke an die Verwandten und die Freunde im Felde und der Gedanke an die Millionen, die auf dem Feld der Arbeit zur Stunde hilflos dem Untergang entgegentreiben, immer mehr, immer näher, unaufhaltsam ... Kälte, Sturmwind und Regen, der um das eigene Haus peitscht, und wie erst über die nächtlichen Lagerstätten ... Die Sorge um die eigene Zukunft und um die Zukunft dieses alten Erdteils, auf dem sich die Jugend zweier Länder, die einem teuer sind, und die Jugend von sieben Nationen ringsum langsam verblutet ... Und all dies in Untätigkeit ertragen müssen, von Traurigkeit gelähmt, der Sammlung zur Arbeit unfähig, vom Zorn erfüllt über so vieles, das man ja nicht zu ändern vermag, vom Unwillen über so vieles, was man verfallen sieht nah und fern!

Ein Gebot heißt: ertrage, was das Leben dir auferlegt. Und ein anderes Gebot heißt: ertrage, was die Zeit dir auferlegt. Keines dieser Gebote aber heißt: Resignation. Keines heißt: Abtöten oder Abstumpfen. Die Natur des Menschen passt sich jedem Zustand an, akklimatisiert sich, die ärgste Qual verliert ihre Schrecken, wenn sie erst zur Gewohnheit geworden ist. An den Zustand, der uns gegenwärtig auferlegt ist, dürfen wir uns aber nicht gewöhnen. Wir müssen im Gegenteil jeden Morgen beim Erwachen zu erneuter Sorge frisch und wie zum erstenmal empfinden, was die Zeit uns auferlegt und was von uns gefordert wird und wir erfüllen müssen. Denken an Kampf, Aufopferung und Tod und an das gemeinsame Grab, das alle vereint. Nicht den Schmerz zurückdrängen, nicht zum Schmerz sprechen: tu weniger weh heute, sondern den Schmerz pflegen und begießen wie eine seltsame kostbare Blume in unserem Garten. Die Lebenskünstler geben den Rat: koste alle Sensationen aus, trachte alle Sensationen zu genießen, die guten wie die schlimmen, die der Lust und die des Schmerzes, so wirst du am sichersten Herr deines Lebens bleiben. Aber was wir jetzt durchleben, ist keine Sensation, kein Stadium in dem Auf und Ab der Existenz, sondern ein unerklärliches, übergroßes namenloses Schicksal, wie nicht von diesem Planeten. Unser Empfindungsreichtum wird nicht erweitert dadurch, dass wir es durchzukosten suchen, unsere Skala wird nicht um einen Ton weiter reichen, wenn es uns gelungen ist, unser Fühlen diesem Schicksal zu assimilieren. Lieber dieses Gespenst als einen unerträglichen Hausgenossen und Schlafkameraden in unserem Heim aufnehmen als seine Gegenwart hinzunehmen wie ein Tapetenmuster, das einen nicht mehr zu sehr irritiert oder eine hässliche Häuserfront unseren Fenstern gegenüber, die uns ärgert, wenn wir durch die Scheiben blicken.

Wir dürfen es auch nicht wie eine Krankheit durchmachen, dieses Gespenst von einem Schicksal, eine Krankheit, von der uns über kurz oder lang eine Operation befreien wird.

Es ist ein Irrtum, zu glauben, dass wir uns frischer und aktionsfähiger erhalten für die Zeit nach dem Kriege, wenn wir uns heute gegenüber dem Unabänderlichen tunlichst abstumpfen, als wenn wir dem Gefühl willig auf alle Gipfel und in alle Abgründe folgen. Es ist ein Irrtum, zu glauben, dass die Seele auf solche Art Kräfte spart und aufspeichert, die uns von Nutzen sein werden, wenn die Nation und Menschheit, ja wenn auch nur das tägliche Leben für uns, die heute zur Untätigkeit Verdammten, wieder Verwendung haben wird. Wir müssen unsere Seele täglich aufs neue und ganz und gar vollsaugen und durchtränken mit dem ganzen Inhalt dieses Krieges, auch wenn uns dieses Vollsein mit Schwerem schier unerträglich dünken will. So soll uns die Zeit nachher vorfinden oder ober gar nicht. Tief erfüllt oder bis ins Mark zerstört. Zum besten Dienst der Welt gereift und stark geworden oder verschwunden von der Bildfläche. Für Laue wird kein Platz sein, in den Zeiten nachher.

Es gibt Mittel, Behelfe, die es ermöglichen, diese Zeit zu ertragen; Bildungsmöglichkeiten. Die Kunst versagt an vielen Orten. Man braucht nur einmal die Titel der Stücke zu lesen, um zu sehen, wie das Theater heute mit wenigen Ausnahmen dafür sorgt, dass Gefühl und Geschmack sich verbrutalisiere, wie es Erhebung in ihr elendes Gegenteil verzerrt. Zerstreuung kann nicht nützen in dieser Zeit. Was sonst? Vielleicht wird der Krieger zwischen zwei Schlachten sein Reclamheft, Plutarch oder Goethe aus dem Tornister nehmen und sich in unerhörter, unvergesslicher Intensität in einen Satz, eine Reihe von Worten vertiefen. Wir Zuhausegebliebenen – wie viele von uns haben vor unserem Bücherregal das Experiment gemacht und wiederholt und haben entmutigt davon abgelassen. Die Musik vermöchte es wohl, die Trösterin von der Wiege bis zum Sterben. Aber wie viele gibt es denn, denen heute Bach und Beethoven die Harmonie und den Sinn der Welt bedeuten?

Es gibt ein Buch, das keines ist und es gibt eine Musik, die keine ist, und wer die Welt ertragen und die Menschheit ertragen will in diesen Tagen, muss das Buch aus seinem Versteck hervorholen und seine Musik an stillem Ort nah an sein Ohr halten, damit keine Schwingung verloren gehe. Dies ist das Buch und seine Musik, die Bibel.

Heute merkt man es genauer als je, dass die erste Hälfte des Buches fast auf jeder Seite von Kampf, Rache, Vergeltung, Mord widertönt und dass in seinen Gesängen Gebete um Vernichtung des Widersachers mit Triumphs frohlocken und Wehklagen über Niederlagen abwechseln. Aber wer Glück hat, wird das Buch an der Stelle aufschlagen, wo geschrieben steht:

»Alles nun, das ihr wollet, dass euch die Leute tun sollen, das tut ihr ihnen auch, das ist das Gesetz und die Propheten.«

Welche Erquickung und Hilfe strömt in dich herein eine reine und warme Hand legt sich dir auf die Stirne, Hoffnung und Zuversicht dringen warm in alle Poren ein! Viele Menschen kehren heute zu dem Buche zurück und werden es nicht mehr missen können, jetzt nicht und nicht später. Denn in ihm ist das einzige Mittel enthalten, nicht nur diese Tage abzuhalten, sondern auch dem Leben gewachsen zu sein, das uns nach diesen Tagen benötigen wird.

In Süd-Österreich

Gardasee

Riwa, 23. April 1915

Diesen Frühling klagen weniger Leute als sonst darüber, dass die große gelbe Kaserne ihnen den Blick auf See und Berge raubt. Denn aus dem Hotel schaut kein Gesicht auf den See und die Berge hinaus, um so besser ist aber dies Jahr die Kaserne besucht.

Der See ist blau wie immer, und die Berge, über die ich gestern zum See heruntergewandert kam, tragen dort, wo es ihnen die Felsenwände und die ebenso festen Sperrmauern erlauben, das frische Laub der Jahreszeit zur Schau. Ein junger, braungebrannter Bursche trug meine Tasche vor mir her, den Berg hinab; ich freute mich darüber, dass er mit meiner Tasche auf dem Rücken so gemächlich die schöne Straße zum See entlang spazieren durfte, statt in einem Schützengraben zu liegen; erst später bemerkte ich, dass er eine verkrüppelte Hand hatte.

Es ist heute der Brauch, von den Mitgeschöpfen wie von Nennern zu reden, von Einheiten, die in größerer Menge eine schöne stattliche runde Zahl ergeben. Grade so leicht wird einem ein ganzer Landstrich, ein Himmelsstrich, ein Landesteil zu einem abstrakten, geographischen Begriff, unter dem man sich im besten Fall eine, von einer Linie eingefasste und farbig schraffierte Silhouette vorstellt; man könnte sie mit der Schere ausschneiden, täte es einem nicht um die Landkarte leid. Ein Stück Land ist aber in gewissem Sinne ebensogut ein Geschöpf aus Fleisch und Blut wie mein nächster Mitmensch. Blicke ich diesem nur lange und freundlich in die lebendigen oder toten Augen, so vergeht mir die Lust, ihn lediglich als ein Atom im Gewimmel der runden Million anzusprechen; ebenso wird mir ein Stück Landes, durch das mich meine jählings beflügelten Füße tragen, ein Land mit herrlichen Tälern, Burgen inmitten blühender Rebenhänge, Seen und Hängen, die an jeder Wendung der Straße in unerwarteter Schönheit neu erstehen, plötzlich ein naher und köstlicher Besitz; gar nicht gleichgültig wie ein Ding, das man hingibt oder eintauscht, das man aus der rechten Tasche herausnimmt, aus der rechten in die linke Hand hinüberwirft und dann in die linke Tasche steckt. Mein und Dein wird einem auch eine ganz andere Angelegenheit, wenn Gefühl und Augenschein den Begriff beleben und es sich nicht mehr um irgend welches groß geschriebene Mein und Dein handelt, sondern ganz ausgesprochen um mein Mein und ein Mein, das mit einem Mal dein Dein werden soll. Es mag ein Glück sein, gerade in dieser Zeit, heute, da das Hotel leer und die Kaserne voll ist, als ein genusssüchtiger Wanderer den Formeln entlaufen zu dürfen und seine Füße dorthin laufen zu lassen, wo die Natur schön ist und die Elemente einem günstig gestimmt sind.

Unten in den Gassen am See häufen sich die kleinen Touristenandenken aus Tetrakotta und Olivenholz in den Schaufenstern, aber die hechtgrauen Badegäste stehen lieber nebenan und lesen die Depeschen auf dem Fenster der Tabaktrafik. Zwischen den spärlich vorhandenen, resigniert mit den Händen in den Hosentaschen herumschlendernden Eingeborenen spazieren die Hechtgrauen friedlich auf und nieder, am Rande des Wassers, das an die Ufer plätschert, weit und breit kein einziges Segel auf seinem Rücken trägt ...

Aus einem offenen Fenster der Kaserne tönt eine Schalmei in den Nachmittagsregen, der sachte herniederzurinnen beginnt, hinaus. Wie die Kaserne auf unumstößliche Art und Weise ihre Zugehörigkeit zu dieser südlichen Seelandschaft beweist, so braucht sich auch die Schalmei nicht erst zu entschuldigen, weil sie aus einem Kasernenfenster tönt.

Ein Hechtgrauer hat sich da aus einem Olivenzweig eine Hirtenflöte geschnitzelt und bläst seine melancholische Weise zum See und die kulissenförmig in den See hineinragenden Felsenwände hinaus. Ich glaube, ich verstehe die Weise und weiß, wo ich den Bläser hintun soll, in welche Gegend des weiten, vielfältigen Reiches, das seine Soldaten hierher geschickt hat. Es ist ein oberungarischer Hirt, der hinter dem Fenster sitzt und sein Herzweh über die lange Trennung von der Heimat ergreifend in das Rohr bläst. Die Heimat ist eine öde, armselige, slowakische Bergkuppe am anderen Ende der

Welt, und hier unten ist die Pracht eines der lieblichsten Orte der Erde aufgetan – das Leben daheim besteht aus einem immerwährenden Hin und Her zwischen der härtesten Arbeit, die es gibt, und der elenden irdenen Schüssel, aus der der Holzlöffel den halbgaren Kartoffelbrei herauslöffelt, hier aber gibt's in einer Woche mehr Fleisch zu essen als sonst in fünf Jahren! Aber das Nichtheimfahrendürfen dauert schon so lange, bald so viele Monate, wie Finger an beiden Händen sind, und wer weiß, wie lange noch. In wildschweifenden Modulationen weht die Weise der Schalmei aus dem Kasernenfenster in den beginnenden Abend hinaus.

Der Regen zieht über den See weg und verschwindet hinter den Bergen. Er lässt die Landschaft in erfrischten Farben stehen. Die Pinien ragen wie schwarze Ausrufungszeichen aus den Gärten empor, in denen das junge zarte Laub so hellgrün ist, dass es neben dem schwarz fast gelb erscheint; es ist immerhin ein ganz angenehmer Doppelklang, und der gerührte Blick wünscht, er möchte erhalten bleiben für und für.

Die schmale Straße, die in den Felsen zur Rechten gehauen ist, führt wie ein Zickzackblitz den Berg hinauf. Kein Segel unten auf dem See, kein Mensch auf der Straße hier oben. Doch ein Trupp Arbeiter kommt aus dem Ort, von einem hechtgrauen Häuptling angeführt, und zieht zur Arbeit in den Bergen die Straße hinauf. Die Arbeit besteht aus Graben, Bauen und Sprengen, und die Stille, die über dem gastverlassenen Ort und der weiten, versunkenen Landschaft brütet, wird Tag und Nacht in gemessenen Intervallen von Trompetenschall und den widerhallenden Geräuschen der Arbeit in den Bergen unterbrochen.

Goldene Berge! Die Abendsonne ist herausgekommen und schüttet Licht über die Felsen und die Hausdächer. Am östlichen Ufer erhebt sich, meinem Felsenpfade gegenüber, das riesige, oben mit Schnee bepuderte Massiv des plumpen, fahlen Berges. Er ist, wo der Schnee aufhört, ganz grau und bleibt es bis an das Wasser hinunter. Der späte Sonnenblick scheint ihn nur noch dichter mit Schatten zu verschleiern.

An einer Stelle aber, weiter hinten, kurioserweise etwa genau an der Grenzlinie zwischen Österreich und Italien, dort, wo der Berg plötzlich und von Rechts wegen auf der Landkarte diesseits mit anderen und jenseits mit anderen Farben angestrichen ist, – an der Stelle also reicht aus einer Höhe von etwa 500 Metern ein langer Riss oder Spalt bis an den Seespiegel hinunter. Ein gelblicher Strom von frisch entblößtem Erdreich rieselt die verwundete Flanke des Berges hinab und versiegt im See.

Der Erdrutsch dürfte nicht gar alt sein, und wie ich genauer hinschaue, bemerke ich, dass sich die Erde unter einem Felsblock aufgetan hat, der über der Wunde hängt, und wenn sich diese vergrößert, jeden Augenblick mit Gepolter losbrechen und abstürzen kann. Je länger ich den grellen Riss dort drüben anstarre, desto genauer bin ich mir bewusst, dass das nicht Menschenwerk ist, sondern wahrscheinlich ein Scherz der Natur. Die Amerikaner nennen solche Scherze, denen oft unter der handgreiflichen Oberfläche ein grimmiger Sinn mehr oder weniger tief versteckt innewohnt, praktische Scherze, und der Erdrutsch dort drüben scheint mir solch ein über menschliche Schlauheit hinaufreichender Elementarwitz zu sein. Wäre der Fleck, auf dem ich stehe, kein so ernster Fleck Erde, ich hätte nicht übel Lust, eins über den See hinauszulachen, bei Gott.

Je länger mein Auge von dem grellen Spalt in dem sich verdunkelnden Berg angezogen bleibt, um so neuer scheint er in seinem Verlauf zu werden. Es ist, als riesele es dort immerfort zum Wasser nieder und als wüchse der Spalt von Sekunde zu Sekunde weiter an. Seine Ränder sind hell, fast ganz weiß, zudem zackig gewellt. Es ist zu spät, ihn einzudämmen oder abzubauen. Kommt jetzt noch bald ein heftiger Regensturz über das Land, wie er in den letzten Tagen gewütet haben soll, dann rieselt das gelbliche Erdreich immer tiefer unter dem hängenden Felsblock zum Wasser hinunter.

Im Ort ist Feierabend. Nur ringsum auf den Bergen wird emsig weiter gepoltert und gearbeitet. Die Hechtgrauen stehen und spazieren das Ufer entlang, zwischen den Hotels, durch die Palmenwege auf und nieder. In kleinen Gruppen Ungarn, Tiroler, Böhmen, Slowaken beisammen. Auf den Bänken unter den Kastanien am Strand rauchen welche friedlich ihre bemalten Pfeifen und schauen in guter Ruhe auf den See hinaus, zu den Bergen hinüber, auf den Absturz dort

drüben, sehen zu, ob der Felsblock sich nicht mit einem Mal
loslöst und die ganze Geschichte endlich ins Rollen kommt.

Sonntagmorgen in Tirol

Etschtal. 25.April

Eine Stunde weit, südlichen Weges hinter dem kleinen Dorf,
steht ein schmaler Spalt zwischen zwei hochaufragenden Berg-
wänden offen, so, als ob sie jeden Augen blick bereit wären,
sich fest zuzuschließen, oder als hätten sie sich soweit nur aufgetan, um die Bahnlinie eben noch durchzulassen. Diesseits
vom Engpass liegt das Tal düster und sonnenlos da, hinter
den Schleusentoren aber scheint das Land ganz hell und licht-
berauscht zu sein. Dort unten beginnt der Landstrich mit der
fremden Sprache. Wie von der Höhe einer Wasserscheide das
Wasser nach verschiedenen Richtungen strömt, so begegnen
sich bei den Schleusenrändern hier nördliches und südliches
Idiom, nur dass der Vergleich nicht stimmt, denn die Felse-
nenge scheidet die aus dem Norden heruntergeströmte Sprache von der anderen, die aus dem Süden heraufgeströmt ist.

Man könnte meinen, die Schleusentore am Ausgang des
Tales hätten die Sprache aus dem Norden aufgehalten, so dass
sie hier stocken musste und nicht weiter konnte. Das verhält
sich aber anders. Denn die Ortschaften hinter diesen dunklen
Toren, dort unten in dem sonnendurchfluteten Süden tragen
zwar Namen fremden welschen Idioms, aber es ist nur leicht
auf den festen Untergrund auflasiert: streicht man darüber
weg, so kommen deutsche Worte zutage. Land und Sprache
und Menschen sind weit hinunter deutsch, sind es die Jahrhunderte hindurch gewesen und könnten es wieder werden
– wenn eben eine entschlossene Hand über das Gebiet weg-
führe.

Der Wirt zur Kaiserkrone ist ein alter Standschütz, trägt
eine Schleife in den Reichsfarben um den alten, festen Bi-
zeps geschlungen und erklärt es jedem, der es hören will, dass
ringsum auf den Bergen ähnliche alte Standschützen hausen,
die mit ihren Stutzen auf einen Pfiff herunterkommen wer-

den ins Tal, sobald das Land bedroht ist. Er setzt sich gern zu seinen Gästen, um von den Dingen mitzureden, die jetzt die Welt bewegen und den Fleck, auf dem sein altes Gasthaus steht, erst recht. Die Frage nach der Sprache macht ihn wild, und der Terlaner, den er schenkt, ist weg, ehe man sich's versieht.

Ein paar hechtgraue Gestalten gehen draußen an dem Fenster vorüber, treten mit Gruß in die Stube und nehmen Platz.

Einer hat beide Füße in Pantoffeln stecken, aber nicht aus Bequemlichkeit, sondern weil sie durch die Berührung mit Wolfsgrubenstacheln einigermaßen empfindlich geworden sind. Er ist mit seinem Kameraden aus dem Schloss heruntergehumpelt, das ein Lazarett geworden ist und auf der Fahne die Landesfarben beibehalten hat, aber in einer zeitgemäßeren Zeichnung, nämlich kreuzweis. Die rechte Hand des Kameraden hat ein merkwürdiges Aussehen, man könnte sagen, sie sehe komisch aus, wenn sich das schicken würde. Zeigefinger, Ring- und kleiner Finger scheinen immerfort bereit zu sein, einen Akkord auf dem Klavier vorzutrommeln, in Ewigkeit denselben Akkord zu üben. Innen ist mit Heftpflaster eine elastische Schiene auf die Fläche der unbrauchbaren, kaputtgeschossenen Handwerkersfaust geklebt.

Die Hechtgrauen strecken die Füße unter den Tisch und trinken dem Wirt zu, da kommen zwei andere von derselben Farbe herein und setzen sich zu ihnen. Das sind Zweikronenmänner aus dem Dorfe, das heißt: sie stehen in häuslicher Pflege. Das Haus macht dabei ein gutes Geschäft, der Staat nicht minder.

Auf dem Tisch steht zwischen den Weingläsern eine kleine Glasschale mit Zucker. Eine Biene fliegt in summendem Spiralflug um die Köpfe der Soldaten herum, in die Zuckerschale hinein, hinaus und wieder hinein.

Ein häuslicher Pflegling schlägt mit der Mütze nach ihr. Gleich ruft der Pantoffelmann: »Net schlagen, net schlagen!«

Der mit der zerschossenen Hand hat sein leeres Glas in der heilen und probiert es über das summende Tierchen zu stülpen. Die anderen drei schauen mit offenem Mund zu, wie Kinder, lachen, genießen ihre Ferien.

Der eine häusliche Pflegling hat einen Bajonettstich durch den Oberschenkel, und der Pantoffelmann, ein Jäger aus Vorarlberg, äußert seine Meinung über die Abbildung für den Nahkampf.

»Unser Hauptmann hat gesagt: Bajonettkampf, das gibt's im heutigen Krieg nimmer. Das hat sich aufgehört, dazu ist die Welt viel zu zivilisiert. Na, und wie wir im August ausgerückt sind, hat's g'heißen, in vier Wochen höchstens ist die G'schicht aus. Länger halten die Völker ein Krieg nicht aus, dazu ist die Welt auch nicht genug verruckt.«

»Die Russen, die haben's überhaupt gut g'habt, wir haben zu lang kein Krieg g'spürt bei uns, die haben noch von den Japanern her all die Kunststück kennt, Eingraben und Bajonettangriff.«

»Zu was haben wir nachher unsere Ambasciatori? Wie heißt das gleich?«

»Botschafter.«

»Unsre Botschafter halt, wenn's uns nit von denen fremden Sitten und Gebräuchen vom Feind mitteilen. Was tun's denn nachher unsere Diplomaten an die fremde Höf?«

»Na, was tun's halt? Umanandarennen.«

»Na ja, wo rennen's denn umananda?«

»Na, in die Ämter halt.«

»In die Ämter lernt man nix vom Schützengrabenkrieg!«

»Im nächsten Krieg, da werd'n ma's schon verstehen, sakra.«

»Nächster Krieg, Schnecken! Nach diesem Krieg kommt keiner mehr!«

»So! Wollen mer wetten?«

»Na, da wird schon 's Volk sorgen. Das wird unsere Sorg sein, die was diese Zeit mitgemacht haben. Hast eppa nit g'nug?«

Einer räuspert sich und sagt: »I hab mir immer denkt, wie die Kugeln pfiffen sein, i hab dir nix tan, du hast mir nix tan, müssen mer jetzt beide auf d'r Lauer liegen; das hat unser Herrgott wohl schon so eing'richt – dafür sein mer Soldaten.«

»Die Liechtensteiner überm Berg bei uns daheim,« sagt der Vorarlberger, »die hab'ns überhaupt gut! Da ist keiner von den Jungen weg, und wie i daheim war, da waren mehr von die

Jungen in Liechtenstein als von uns Kaiserjägern übrig, das ist wahr.«

»So wie die Schweizer mit ihrer Ausbildung, das ist recht. Drei Jahr sein Unsinn; was zum Handwerk brauchst, hast im ersten schon gelernt, im zweiten lernst das Kriegshandwerk nimmer, wennst es im ersten nicht gelernt hast, das gib i dir schriftlich, na und im dritten bist halt untauglich worden für dein Bürgerliches, feil ist wahr. Im dritten wirst a Fallot. Schau dir die jungen Truppen an, jetzt, wo von den regulären so viele g'fallen sind, in paar Wochen kann man alles gelernt haben und sein' Mann stellen. So wie die Schweizer, jed's Jahr a paar Wochen, so sollt's in d'r ganzen Welt eing'führt sein.«

»Milliz.«

»Wol.«

»In Liechtenstein, Anno 66, da sein hundert Mann mitgezogen in Krieg, und hunderteins sein z'ruckkemma.«

»Hat einer eppa a Kind kriegt unterwegs?«

»Nein, auf d'r Landstraßen haben's einen aufg'lesen.«

»No, hast dein Viech immer no net derwuschen?«

»Jetzt schaugst her: bis i drei zähl, eins ...« Aber die Biene hat sich mit einer geschickten Piruette aus dem Glas herausgeschwungen und wieder über den Zucker hergemacht. Die Hechtgrauen sehen sich an, schütteln sich vor Lachen, der Bienenjäger vergisst sein Wehweh, schreit auf, hat seine rechte Hand angeschlagen ...

Ein Herr in städtischer Kleidung kommt herein und setzt sich an den Tisch in der Ecke. Der Wirt dreht seinen Kopf nach der anderen Seite, geht aber doch hin und fragt den Gast, ohne ihn anzusehen, nach seinem Wunsch.

Dann holt er den Wein und setzt sich zu den Soldaten.

»Hast g'hört, was in Polen los ist?«

»Der Hindenburg, sell is a Pfiffiger!«

»Geht's mal hier unten los, na tu ich gern mit; des wär noch a Krieg; da wär mer's net leid, kannst mer's glauben.«

Der Wirt hat den Kopf in die Hände gestützt und haut von Zeit zu Zeit mit dem aufgestützten Ellbogen auf den Tisch, dass die Gläser tanzen.

»Die Bauern auf den Bergen und hier herum im Land sein allweil treu blieben, sie wissen auch, was ihnen g'schieht, wenn's ihren Wein nit mehr im Inland absetzen können, sondern an Export anfangen, Zoll und Tarif und alls. Nachher ist's Land geliefert. Aber die in den Städten, die machen die Unruh. Sakra, mir wer'n schon an Ordnung schaffen, sell is wahr! Kennen tun mer ja die Herren genau, die wo noch hier blieben sein. Die meisten sein ja schon hinüber über die Grenz, wie's hier brenzlich g'worden is, aber mit dena, wo hier sein, wer'n mer schon noch fertig, mir allein. Brauchen die Regierung net dazu ... grad als ob ma Rücksicht nehmen müsst ... na, wer ma scho allein besorgen!«

»Nur dass grad von den Tiroler Deutschen so viele gefallen sind!«

Der Herr steht vom Tisch auf und sieht sich einen Ausschnitt aus einer Zeitung an, der mit Nägeln an die Wand geschlagen ist. Das Bild stellt den alten Kaiser von Österreich vor, das blonde, lachende Kind des gegenwärtigen Thronfolgers steht an sein Knie gedrückt da und blickt den Beschauer munter und freundlich an. Es ist ein hübsches, wohlgeschaffenes Knäblein, und in der Art, wie es nach der Hand des Greises hascht, liegt etwas, was rührt und die Herzen gewinnt. Der Blick des alten Kaisers aber irrt über das Köpfchen dieses Jüngsten aus dem Hause Österreich weg, vorbei an den Augen des Beschauers, hinaus aus dem Bilde, an der Gegenwart vorbei.

Der Herr kommt zu seinem Platz zurück, trinkt sein Glas leer und fragt den Wirt in einem fremdartig artikulierten Deutsch, ob er Nachrichten von seinem Sohn aus Sibirien habe? Der Alte schüttelt unwirsch den Kopf und blickt zum Fenster hinaus.

Dort steht sein Haus, der neue Gasthof, an dem nicht gearbeitet wird. Es wird nicht etwa des Sonntags wegen an dem Hause nicht gearbeitet, sondern das Haus steht in den Grundmauern angelegt aus dunklem Stein, der wie ein Kind so hoch aus dem Boden ragt, seit dem vorigen Sommer unfertig da. Die Planken, die das Kellergewölbe zudecken, sind morsch und vom Liegen und Schnee verfault. Die Hände, die Stein auf Stein schichten, das Haus zudecken und das bunte Bäumchen auf das Dach pflanzen sollten, sind dem Bauen entfremdet worden und haben das Zerstören zur Aufgabe erhalten, überall stehen solche Häuser im Land, in den Ortschaften, an den Straßen, unfertige Häuser, beschädigt im Fundament, mit verwitterndem Stein und zermorschtem Holz, in den Vorstädten, im Weichbild der Stadt, – aus dem rollenden Eisenbahnwagen sieht man sie, wie sie am Wege stehen, in geringer Höhe unter dem Erdboden abgehauen, die tausend unfertigen Heime in den Ländern, über die der Krieg hinweggestrichen ist.

»Wo is denn die Klampfen hin heut?« fragt der Pantoffelmann. Der Wirt geht und holt aus dem Gang, der zur Küche führt, die Gitarre und gibt sie dem Soldaten, der sie aber gleich dem häuslichen Pflegling, dem mit dem Bajonettstich durch den Schenkel, hinüberreicht.

»A Saiten is kaputt!« sagt der und legt den Kopf schief aufs Instrument nieder.

»Wirt, hast a Reservesaiten?«

»A Strickl tut's auch!« sagen die Hechtgrauen. »Leg los!«

Der junge Tiroler räuspert sich, summt eine Weile vor sich hin und fängt dann auf einmal mit ganz veränderter Stimme überraschenderweise italienisch zu singen an:

»Tutte amanto passano, el mia no passa maje –

»Tutte amante passano, el mia pienz–a me! ...«

Der andere aus dem Tal stimmt in den Gesang ein. Der Wirt und der Herr am Ecktisch beim Fenster wiegen die Köpfe im Rhythmus des Liedes. Draußen verdunkeln sich die Schleusenwände der Berge, die das Land abzusperren haben vor der feindlichen Umwelt.

Die Kreuzträger

Tirol, Ende April

Ich komme durch die kleine Gasse, da hat sich eine Menschenmenge vor mir gestaut und versperrt den Weg zwischen den Häusern. In ihrer Mitte hantieren ein paar hechtgraue Soldaten mit einem Gegenstand; er hebt sich über die Köpfe hinauf, wie der riesige Griff eines plumpen Schwertes, es ist ein großes Kreuz von Holz.

Die Menge macht Platz und das Kreuz senkt sich, gerade wie ein Schwert, aber nicht wie eines, das Wunden schlagen, sondern eher wie eines, das den Ritterschlag geben will, auf die Schultern der Hechtgrauen nieder. Sie ziehen mit ihrer Last die kleine Gasse hinunter, nach dem Platz, und weiter.

Das Kreuz zeigt auf der Seite, die mir zugewandt ist, die Naturfarbe des Holzes, das starke, harzige Gelb, mit dieser Seite wird man das Kreuz an die Wand stellen, wenn seine Mission erfüllt sein wirb. Die andere Seite ist von oben bis unten fast gänzlich mit schwarzen Nägeln vollgeschlagen.

Wien hat seinen Wehrmann im Eisen, im frommen Tirol haben die Städte Kreuze zimmern lassen, in deren Holz ein jeder, der die Kriegswitwen und -waisen bedenken und beschenken will, für seine Nickelmünzen Nägel einschlagen darf. Der Museumsverein hat dieses Kreuz, das da vor mir getragen wird, gestiftet. Die Leute, die in künftigen Jahren und Jahrhunderten auf ihrem Weg nach den roten Bergen die schöne alte Stadt aussuchen werden, sollen im Museum zwischen den Raritäten und Kostbarkeiten der verflossenen Jahrhunderte auch das Denkmal, das Kreuzeszeichen dieses grausamen, unwahrscheinlichen, unausdenkbaren Mittelalters vorfinden, das wir heutige Menschen erleben.

In der Mitte des Kreuzes, dort wo die Arme sich aus dem Stamm recken, ist ein kreisrunder Raum leergeblieben. Dorthin kommt ein Christuskopf aus Bronze. Der Künstler, der den Auftrag erhalten wird, wird in den Lazaretten genug Modelle finden können. Nur keinen idealisierten Leidenskopf soll er in den Raum hineinsetzen, den die Nägel ausgespart haben. Über den grauen Mützen der vier Soldaten steigt der Arm des Kreuzes, schwankt das schwere Kreuz die Gasse entlang, quer über den Platz mit den burgartigen Häusern, hinein in das Gässchen, wo die Lauben sind.

Nur wenige Leute folgen den Kreuzträgern durch die abendliche Stadt. Die viere sind untersetzte, nicht gerade stämmige Burschen, der Menschenschlag hier herum ist kräftiger. Sie sprechen aber den Dialekt des Landes, es sind hiesige. Alle vier sind ältere Leute, ergraute. Ihre nägelbeschlagenen Schuhe klingen in gutem Takt auf den Steinen. Sie stapfen einher, als ginge es in Reih und Glied. Ihre grauen

Mäntelüberwürfe sind mit Kreuzbändern über der Brust zugebunden, die Enden flattern um die abgemagerten Körper. Diese Überwürfe sind arg zerknittert, als wären sie in der geballten Faust zerrieben worden.

Die schlotternden Uniformen darunter sind ebenso verwittert und weisen die Spuren von Nächten in Gruben, von Schneewetter und Regenguss in den Bergen, von hilflosem Liegen auf blutigem Stroh, von langem Fahren in Verwundetenzügen auf.

Zuweilen stockt der Takt der Schritte, und das Nägelgeklirr kommt aneinander. Einer bückt sich zu tief unter der Last, will den Schritt verändern, schiebt das Kreuz mit einem Ruck höher über seine Schulter hinauf. Dann ertönt ein kurzer, keuchender Ruf aus dem kleinen Zug der Kreuzträger bis zu mir, der ich in der Nachhut hinterdrein marschiere.

An der Ecke, um die sie jetzt herum müssen, klemmt sich das Holz in einem Mauervorsprung, und der Zug hält wie zurückgestoßen. Von vier Armen gehalten und gestützt senkt sich das Kreuz auf den Boden nieder und lehnt sich dann an die Hausmauer an.

»Sakra, o G'wicht hat's!«

Der eine von den vieren, ein Kurzer, Schwarzer mit auseinandergekämmtem Andreas-Hofer-Bart, wischt sich mit dem Handrücken über den Hals. »Unser Herrgott hat sein's ganz allein g'schleppt!« sagt ein anderer und schaut zu mir herüber. Er hat sein Wams aufgeknöpft und reibt sich die Schulter unter der Achselklappe.

Wie sie sich verschnauft haben, packen sie zu und heben das Kreuz wieder auf die Schultern. Aus einem Laden treten zwei Mönche in braunen Kutten heraus und kreuzen dem Zug den Weg. Sie sehen das Kreuz, aber es ist nicht geweiht, und sie gehen vorüber, ohne sich zu bekreuzen. Nach hundert Schritten stellen die vier das Kreuz behutsam auf das Pflaster nieder, rasten aus und unterhalten sich mit den Leuten, die aus den Häusern auf die Straße herausgelaufen sind, um die Nägel zu besehen. Auf dem einen Arm, in der Ecke, hat ein Spender die Namen seiner Söhne, die im Felde stehen, eingeschlagen. Die Leute betasten die Buchstaben und sprechen mit den Soldaten.

Sie helfen ihnen das Kreuz wieder aufladen, es liegt jetzt bequemer auf den Schultern der vier, flach, und mit den Nägeln nach oben.

»Sell hätt uns ender einfalln kenna!« meint der, der früher vom Herrgott gesprochen hat. »'s ist eh nimmer weit.«

Drüben ist das Hotel, dort soll es hin. Heute abend versammeln sich hier die Standespersonen der Stadt zu einem Essen, und nachher wird man Nägel ins Kreuz einschlagen, so will's der Brauch.

Das Kreuz wartet jetzt auf dem Fahrweg vor dem hinteren Eingang zum Hotel. Der Schwarzbärtige hat sich durch die Schwemme in das Haus begeben, um zu erkunden, wo der Saal ist, in den sie das Kreuz bringen sollen.

»A gut's Gewicht hat's, ha?« fragt ein alter Bauer mit spitzem Hut die Hechtgrauen und fährt mit seinen dürren, schwarzen Fingern über die Nägel weg. »Zruck zu schleppen morgen wird's schwerer sein!« sagt einer von den Zurückgebliebenen, ein alter Landesschütz mit dem Edelweiß auf dem Kragen.

Der kleine Schwarze kommt aus der Schwemme heraus. »In ersten Stock g'hört's aufa. Bataillon marsch!«

Vorsichtig schieben sie das Kreuz durch die Tür ins Haus hinein.

Der alte Bauer nimmt seine Pfeife aus dem Mund. »No ja, die ganze Welt ist halt vernagelt.«

Am Isonzo

Österr.-Friaul, 1. Mai

Die Stadt Görz liegt wohlgebettet an dem Fuße der Berge, die hier in einem kühn geschwungenen Bogen und einer vom strategischen Standpunkt durchaus zu billigenden Formation das Beckenland und die zum Meere abfallende Deltaebene beschützen. Der Fluss, der an der Stadt vorüberzieht, kommt aus dem verkarsteten Teil der Julischen Alpen und heißt alle paar Kilometer weit anders. Österreichs vielerlei Völker hausen hier eng beisammen, und jedes hat dem Fluss einen anderen Namen gegeben, so dass er auf seinem verhältnismäßig kurzen Lauf sich slowenisch, deutsch und italienisch nennen lassen muss, bis er zum Schluss unter einer Bezeichnung, von der kein Mensch mehr weiß, welcher Sprache sie zuzuschreiben ist, sein kieselzerriebenes Dasein im seichten Lagunengeplätscher aushaucht.

Wer seinem Lauf folgt, dorther, wo er Sotscha heißt, bis dorthin, wo er als Sdobba aufgehört hat zu sein, lernt eines der reizvollsten Gebiete Österreichs kennen, in diesen heutigen Tagen zudem eines der aktuellsten Gebiete der neuen Geschichte. Völker und Sprachen wohnen hier eng beisammen im Raume, aber die Reibung ist unter den fremdartigen Elementen eine geringere, als man zu denken versucht wäre. Das Land ist fruchtbar und das Klima günstig. Die Bevölkerung scheint zufrieden und heiter zu sein und ohne Stumpfheit doch genügsam.

Unterhalb Görz fängt die Ebene mit reichen Baumbeständen, Wiesen, Acker- und Rebenland an, in prächtiger Fülle schon jetzt die reichste Ernte verheißend. Zu beiden Seiten der Straße, über die der Wagen langsam dahinrollt, sieht man die Maisfelder mit tiefen Ackerfurchen sauber aufgeworfen, die Luzernenfelder schon dicht, Roggen und Korn in die Halme geschossen; die Maulbeerbäume tragen, wohlbeschnitten und gehegt, ihr helles Laub an dünnen Gerten, um die sich Rebengewinde schlingen, schaukelnd von Stamm zu Stamm, den Weg entlang Rhythmen eines bukolischen Gedichtes. Auf weitgedehnten Feldern recken sich kleine, zierliche, lebende Fragezeichen aus dem Boden heraus – so pflegt und bindet man hier den Wein, mit Drähten, langgezogenem Bindfaden, und ohne Holzstöcke zu Hilfe zu nehmen. Endlos stehen die Reihen der kleinen, hellen Arabesken nebeneinander, Ranke bei Ranke, wie aus einem Schulheft des jungen Gottes Bacchus abgezeichnet.

Die Sauberkeit, Ordnung und Methode, mit der diese anstrengende und minutiöse Arbeit durchgeführt ist, liefert den glücklichsten Beweis für die gute Art der Bevölkerung und die Bedingungen, unter denen sie lebt. Denn die Felder, Äkker und Weingelände sind von Frauen, Kindern und Greisen bestellt, sie haben auch die Ranken an den Maulbeerbäumen festgebunden, haben alle Arbeit getan, die Männer sind im Krieg, die unverbrauchte Erde wird für das weitere sorgen.

Jenseits der Landesgrenze, die hier nahe dem Laufe des Isonzo folgt, bin ich oft durch das italienische Frühlingsland nach Süden gefahren, ohne dass mir, wo ich fuhr, die Pracht der Felder und die Wohlbestelltheit des Landes so augenfällig zum Bewusstsein gekommen wäre. Auf dem Wege durch diese Morgenfrische ringsum sage ich mir: diesem Lande geschieht wahrscheinlich Unrecht dadurch, dass der große Verkehr von Norden nach Süden jenseits der Grenze die Touristenstraße hinunterläuft und es buchstäblich links liegen lässt. Jede Rebenranke, die hier, auf ungewöhnliche Weise gepflegt und gebunden, der Reife entgegensprießt, hat die Tradition so geformt und gebunden, wie es hier zu sehen ist – eine ungebrochene Tradition von Jahrtausenden, und die lebenden Gewinde, die sich hier von Baum zu Baum ziehen, haben der antiken Bildhauerkunst eines ihrer anmutigsten Motive geschenkt. In Marmor gehauen, schmückt es die Fassaden von Tempeln, verbindet Säule mit Säule und belebt die Fläche der festlichen Stätte, wie es hier heiter und prächtig die Landschaft lebendiger macht.

Nicht nur durch einen der lieblichsten, auch durch einen der merkwürdigsten tragischen Landstriche des ganzen Kontinents fährt man hier, dem Laufe des Isonzo folgend, von der Stadt zum Delta hinunter. Unruhig durchzuckt die Geschichte der Jahrhunderte diesen Fleck Erde, es wäre kaum möglich, auch nur andeutungsweise die rasche, betäubende Aufeinanderfolge von Wirren, Kämpfen, Besitzergreifung, Fahrenlassen und Aufgabe nachzuzeichnen, deren Schauplatz dieses Gebiet des Isonzo gewesen ist. Die primitiven Fischer, die Machthaber der antiken Welt, die Barbaren aus dem Norden und Osten, schwarze, rote und flachshaarige Völker, die Pioniere des frühen Christenglaubens und die mittelalterlichen Gemeinschaften von Räubern und kampfwütigen Eroberern haben das Land zerfleischt, einander aus den Klauen gerissen, und das Land hat sich in dieses Schicksal gefunden. Unter den friedlich reifenden Feldern, die Zeit haben, liegen heute noch unbehobene, aber schon gesichtete Schätze aller untergegangenen Kulturen und Zivilisationen. Je weiter man zur Lagune hinunterkommt, durch die Felder des Flussdeltas, dem Meere nahe, um so greifbarer steigt das Unterirdische an die Oberfläche herauf und steht schließlich in den Formen verwitterter Säulen, behauener Sarkophage und düster abgehackter Architektur des frühromanischen Stils am Wege.

Die Geschichte sucht manche Landstriche auf und heim und verschont und meidet andere. Solch ein heimgesuchtes Land ist dieses rechts und links vom Isonzo. In einer bestimmten Weise sehen wir auf der ganzen Erde die Geschichte von der Geographie bestimmt, gewandelt, gemodelt, in Richtungen gelenkt, die von ähnlichen Urwiderständen aufgehalten sind wie Flussläufe. Es wäre schon glaubhaft, dass dem Friauler Land in der nächsten Zukunft eine bemerkenswerte Rolle zugeteilt werden könnte. Aber während die Saaten reifen und das Volk seinen Entschluss gefasst hat, steigt die Geschichte der alten Zeit aus den tiefen Schichten zur Oberfläche der Erde, ans Tageslicht herauf.

Das Bewusstsein dieses heutigen Tages, das gehegte, aufgeregte und zu allen Extremen hin gepeitschte Gefühl ruht aus bei dem Gedanken, dass es in unserer Zeit und in der unmittelbaren Nähe eilig aufgeworfener Schützengräben noch Männer gibt, die der Staat besoldet und die ihre eigene Wissenslust bestimmt, dass sie in der Erde nach anderem graben als nach Vernichtung. Weithin ragt der Glockenturm des Doms von Aquileja aus der friaulischen Ebene in die Lagune des Adriatischen Meeres hinaus.

Am Fuße des Glockenturms führen Schächte in die Erde hinunter wie Stufen. Auf der untersten Stufe hockt das altrömische Zeitalter, auf der höheren hat sich die frühchristliche Katakombenzeit hingekauert.

Der gelehrte Konservator muss es bestimmen, welche von den Stufen der Vergangenheit die oberste sein soll. Was zu verschwinden hat und was restauriert werden soll, was von dem Untergegangenen zur Dauer herausgehoben und was dem Untergang auch weiter anheimfallen soll aus all dieser verworrenen, vielfältigen Vergangenheit.

Er wird bestimmen, dass, was schön ist und von einer höheren Kultur Zeugenschaft ablegt, gerettet und freigelegt werden soll und dass das übrige verschüttet bleiben möge, so wie es die Erde verschlungen hatte und in ihrem Innern verborgen hielt bis an den heutigen Tag.

Dieser Urteilsspruch, aus der Jahrtausende hohen Höhe der Gegenwart über die tiefe, dunkle Zeit vergangener Epochen gefällt, könnte einem gerade heute zu denken geben, hätte nicht das Weltgeschehen, das wir mitanzusehen gezwungen sind, die Lust, den edlen und wahren Dingen nachzusinnen, für den Augenblick vernichtet oder unterbunden.

Ein Gang durch den aufgebauten Dom Aquilejas, der wie ein periodenweise erstarrtes Monument der Weltgeschichte dasteht, lässt in der bunten Mannigfaltigkeit des Gesehenen die ganze zerrissene Vergangenheit dieses Friauls rekapitulieren. Der Boden zeigt wunderbare, mit Malerauge dargestellte Mosaiken, in denen sich altrömische Sinnenfreudigkeit mit den ersten biblischen Vorstellungen des Katakombenzeitalters vermengt. Die Apsis mit ihren byzantinisch steilen Fresken erinnert an die Markuskirche drüben in den benachbarten Lagunen, seine spärlichen Kosmaten an die Kirche zum Mund der Wahrheit in Rom, die mit den reifsten Ornamenten des Cinquecento verzierte Kanzel ist ein Denkmal aus der besten Zeit von Florenz. Daneben klebt an einem gotisch anmutenden Pilaster eine steinerne heilige Katharina in den verschobenen Proportionen, kleinem Kopf und großem Bauch, des späten Barock. Man muss sich dabei vorhalten, dass alle diese Kunstepochen gleichzeitig Kampfesepochen vorstellen, in die die Kirche, das Land, die Menschen verstrickt gewesen sind. Blutige Schicksale sprühen um den Glockenturm, von dem man, wie gesagt wird, an klaren Tagen den venezianischen Kampanile zu erblicken vermag.

Woran soll das Gedächtnis nun haften bleiben, soll es überhaupt wählen, sich dem Gebot des Schönen fügen oder viel eher an die Folge der Zeitalter halten, die hier infolge der augenscheinlichen Ratlosigkeit des ehemaligen Restaurators nebeneinander ihr Dasein fortsetzen?

Eine Schar von winzigen barfüßigen Kindern kommt über die kostbaren Mosaiken herbeigetrippelt. Es ist Anfang Mai, der Marienmonat hat begonnen, die kleinen Knaben, kleinen Mädchen teilen sich in der Mitte der alten Kirche, laufen nach rechts und nach links in die Seitenschiffe, wo in verhängten

Beichtstühlen die Monsignori bereits Platz genommen haben und auf die kleinen Sünder warten.

In zwei großen Vierecken stehen die Kleinen rechts und links vom Altar um die schwarzen Beichtstühle in den Seitenschiffen herum. Der Altar ist ein alter Stein, von dem vielleicht vor undenklichen Zeiten Opferblut heruntergeronnen ist. Man hat eine hölzerne Kommode hinter ihm aufgestellt, weil die bemalte Gipsmadonna zu breit ist für den alten Stein. In den Ecken dort hinten knien abwechselnd Knäblein, Mägdlein zur Seite der verhängten Kästen und flüstern dem Unsichtbaren ihre sechs- und acht- und zehnjährigen Sünden wider die heiligen zehn Gebote ins Ohr.

Nachher kommen sie einzeln, mit gesenktem Kopf und in scheuer Einfalt, ruhig und langsamer, als es sich für Kinder ziemt, aus den Seitenschiffen heraus und knien vor dem Altar mit der Madonna nieder. Ein kleines Mädchen, blond wie ein Germanenkind anzusehen inmitten all der schwarzen Köpfe, kniet mit andächtig gesenktem Kinn vor der Statue. Sie sieht die Madonna nicht an, nur die Stufe, auf der sie niedergekniet ist. Ihre Lippen bewegen sich ganz langsam und sie hat ihre kleinen Hände vor ihrem Kinderleib gefaltet, in einer Gebärde, die gewiss so alt ist wie der Dom, der sich über unseren Häuptern wölbt. Ihre dünnen Ärmchen pressen sich eng an ihr Kleidchen und die kleinen nackten Füße sind eng zusammengepresst.

Langsam schlägt das Kind das Kreuz, blickt zur Statue empor und trippelt dann feierlich und gemessen über den bunten Mosaikfussboden in das sonnenbeschienene Lagunenland hinaus.

Miramar

Triest, Anfang Mai

Die See und die Stürme haben das Schloss weißgewaschen, seine Kanten abgeschliffen; vom Turm in der Ecke blickt der Adler mit der Schlange im Schnabel wie ein Skelett zur steinernen Sphinx auf dem kleinen Molo hinunter. Von diesem

Molo stieß die Barke ab, mit der der Erzherzog Maximilian das Festland verließ, um sein Abenteuer in Mexiko zu wagen. Der Adler und die Sphinx leben ihr Dasein ruhig und beschaulich weiter; das leise Wellenplätschern und der Windhauch vom Karst her sind das einzige, was noch Gegenwart um sie zu schaffen vermag. Sonst ist Schloss und Garten verödet, niemand sinnt, niemand leidet mehr zwischen den Alleen und in den Sälen, wenn nicht händeringende Schatten aus den Blumenkelchen aufsteigen, an die Scheiben schlagen, durch die dunklen Türen und Portieren gehen, als wären diese ebensolche Geschöpfe aus Luft und Vergessenheit, wie sie selber, und nicht von Menschen geschaffene Geräte aus irdischer Materie.

Von allen Fenstern hat man den Blick auf das Meer. Jedes Fenster umrahmt einen anderen Ausschnitt, Wasser, Himmel und veränderten Hintergrund aus Felsen, Stadt und Kontur gebildet. Überall aber, aus jedem Fenster, ist das Meer gleich öde und leer anzusehen, ohne rauchende Schiffe, ohne Segel, das endlose, tote, erdrosselte Meer um die Bucht des großen österreichischen Handelshafens. Es ist blau, und von einer silbern schimmernden Helligkeit, und vom selben Glanz und Farbenschimmer sind die Vorhänge in den Zimmern des Schlosses. Werden diese von den Fenstern zurückgeschlagen, so setzt sich das Blau des Meeres in dem Miramarblau des Stoffes fort, und die traurige, leere Unendlichkeit scheint leibhaftig ihren Einzug in das Schloss gehalten zu haben.

Tief unten, zu Füßen der Balustrade, regen sich die Algen in der sachten Strömung des Wassers, das an die Grundfesten des Gemäuers heranstreicht, an ihnen zurückprallt, hin und zurück, in ewigem Einerlei. Im klaren, durchsichtigen Element sind die Algenwipfel von versunkenen Waldungen, vom Märchenwind geschüttelt, in einer rhythmischen Bewegung, die dem Tode und den Erinnerungen eigen ist. Auf dem hallenden Parkett der Räume, die für uns einen Augenblick lang zum Leben erwachen, haben unsere Schritte denselben Rhythmus, und auch die des alten Kastellans vor uns.

Als hätte das Meer draußen seiner Weltsehnsucht nicht genügt, hat der Erzherzog, ehe er Kaiser von Mexiko wurde, die Räume, die er in Miramar bewohnen sollte, in Schiffsräume

umbauen lassen. Nachahmungen der Schlafkabine, der Offi-
ziersmesse in der Korvette »Novara«, seinem Weltreiseschiff,
sind zu sehen; an einer Stelle ist die Decke ein kreisrunder
Aquariumsboden aus Glas, und man vermag es sich vorzu-
stellen, wie dieser Mensch aus Phantasie geschaffen, dieser
vom Schicksal gezeichnete Mensch hier herumgegangen ist,
unruhig, voll Sehnsucht, das Navigare necesse! im Herzen
eingegraben. Bilder an den Wänden zeigen sein erstauntes,
aufhorchendes Gesicht mit dem wallenden blonden Bart und
den durchsichtigen Augen – ein Meergesicht, das Gesicht eines Menschenwesens, das sich in seinem Lebenselement geirrt hat, von seinem Planeten enttäuscht ist, die Verdammnis
zum Los erhalten hat: umherzuirren, zu suchen, zu fahnden,
neugierig zu sein, wohin er eigentlich gehöre, sein Leben lang
hinauszuhorchen, weil die Antwort von innen nicht ertönen
will.

Das Bild Manets, das seine Erschießung darstellt, mutet
wie ein Scherz an, wenn man das ehrliche und trockene, aber
so ehrfürchtig empfundene eines unbekannten Malers an der
Wand sieht, die mexikanische Deputation vor dem Schick-
salsmann in dem kleinen Turmsaal des Schlosses, das sich im
Meer widerspiegelt.

Der alte Kastellan öffnet uns die Türen, zieht die Vorhänge zur Seite, erklärt mit leiser Stimme, welche Bewandtnis es
mit diesem Raum, mit dem nächsten habe, wer hier gewohnt
hat, dort abgebildet ist. Sechzig Jahre Geschichte, sechzig von
Unglück, Leid, Trauer bis an den Rand angefüllte, überquell-
ende Jahre einer Menschengemeinschaft, über der eine Kro-
ne sichtbar schwebt, sind hier eingeschlossen.

Wie von Gespenstern geht die Sage, und die Stimme des
Alten, der all diese Toten gekannt hat, ist von der leisen Art
der Leute, die in verlassenen Häusern hausen, wo es spukt.
Hier geht die Gestalt Maximilians um, dann jene Charlot-
tens; diese lebt noch ein Schattendasein, bitterer als sechzig
Tode; hier schlief Rudolf, hier hatte er sein Arbeitskabinett;
und zwischen den Bäumen kann man, im Innersten gesam-
melt, den mädchenhaft zarten lieblichen Schatten der Elisa-
beth an Blumen, Meer und Wellen vorbei ruhelos auf und
nieder streifen sehen. In dem bunten, luftigen Seidengemach

mit chinesischen Pagoden und Schmetterlingen aber war vor kurzem noch den Kindern Franz Ferdinands und seiner Frau Sophie, die als unebenbürtig galt bis über ihren ebenbürtigen Menschentod hinaus, ein kindliches Spielzimmer eingeräumt gewesen.

Vom Meer kommen die langen Strahlen der sinkenden Sonne uns von Gemach zu Gemach nach, fallen zugleich mit uns in die Räume, die der alte Kastellan für einen Augenblick aus ihrer Dunkelheit erlöst, um sie im nächsten hinter unseren Schritten wieder in dieselbe Dunkelheit zurückzustoßen. So ist es gut, und sie stören einander nicht, die Wesen der Sage und die der Wirklichkeit. Nur der Traum und die Trauer bleiben wie schwere Schärpen um die Schultern geschlungen und pressen die Kehle enger und enger zusammen, je mehr man von Saal zu Saal vorwärts zu schleppen hat.

Eines allein bleibt vom Leben übrig, wenn man vorübergegangen ist an allem. Vor der Schwelle des Raumes, den wir betreten sollen, an der Tür des Raumes, der sich hinter uns verschlossen hat, halten wir still und horchen. Wie ein atemloser Herzschlag tickt es hier und dort in den zugesperrten, verdunkelten Sälen und Kammern. Dort drin gehen Uhren mit hellem, raschem, andre wieder mit sonorem, düsterem Schlag. Morgen um Morgen geht der alte Kastellan durch das Schloss und zieht die Uhren auf in dem Märchen, das Raum und Zeit vergessen hat. Auch die Algen auf dem Meeresgrund bewegen sich, als triebe sie ein Uhrwerk an, aber es ist die Uhr, die Ebbe und Flut, Mitternacht und hohen Mittag anzeigt; sie ist wirklicher als die Zeit oben in der versunkenen Welt des Schlosses.

Rings um das Schloss ziehen sich die Waldboskette aus Lorbeer, Jasmin, südlichen Laubbäumen, über die Balkengefüge der Gartengalerie hängen die schweren lilafarbenen Trauben der blühenden Glyzinien tief bis zu unseren emporgereckten Fingerspitzen herab. Sie haben ihre Zeit bald hinter sich, über Millionen winziger, abgefallener Blütenleichen schreitet der schwere Stiefel des einsamen kroatischen Postens, und das gute, stumpfe Gesicht schaut groß und fast erschrocken auf, wenn sich ein Mensch am Ende der Allee blicken lässt.

Der Hechtgraue wartet auf Ablösung. Auf der kleinen Terrasse, auf der in Friedenszeiten zwei alte Kanonen mit offenem Mund auf das Meer hinausstarren, geht er mit aufgepflanztem Bajonett umher, zwanzig Schritt weit vorwärts, ebenso viel zurück. Die Kanonen liegen hinten im Gebüsch und schlafen, jetzt da es ernst ist in der Welt. Auch sie sind Gespenster geworden in einer Zeit, die sie überholt hat.

Durch die Allee kommt Ablösung herbei. Der Kies knirscht unter den Soldatenstiefeln. Bald ist wieder der Mann mit dem aufgepflanzten Gewehr einziger Zeuge der Gegenwart auf den Wegen um das vereinsamte, langsam versinkende Schloss geworden.

Tagebuch der Spannung

Triest, Anfang Mai
Wenn ich mich in meinem Bette aufrichte, dann sehe ich an dem Ende des Hafendammes unten vor dem Hause den schwarzen Dampfer stehen und das breite gelbe Brett schräg vom Damm hinauf an das Verdeck gelehnt, über dieses Brett schleift sonst der Kran die Warenballen vom Damm ins Schiff hinauf. Das Brett lehnt sich wohl an das Schiff an, jedoch der Kran arbeitet nicht.

Es ist schon später Vormittag, ich bin eben erst aufgewacht. Die Nacht war nicht vom Gebrüll ankommender und abfahrender Dampfer belebt oder beunruhigt, denn das Meer ist leer. Aber stundenlang zogen unter dumpfem Geflirr endlose finstere Züge leerer Güterwagen von Bahnhof zu Bahnhof an dem Damm vorüber – im Morgengrauen stampften sodann taktfeste Kolonnen bewaffneter Seesoldaten über das Pflaster, weiß, blau und sackgrau angetan, in den Farben der frühen Morgenstunde. Gewehr auf dem Rücken, müde und schläfrig stapften die Kolonnen an dem Steinrand des Meeres vorbei.

Gestern abend hat man hier so etwas wie einen Alarm zu spüren bekommen. Und dieser Alarm hat meinen Schlaf verfolgt, so dass er atemlos entfloh und in vielfachem Herum-

wälzen nicht eingeholt werden konnte. Jetzt ist draußen die
Arbeit gewiss schon überall im Gange – nein, das Brett vor
dem Schiff steht leer und das Laden stockt ...

Unten in den Straßen ist das Leben wie sonst. Von der ge-
strigen Sturzangst ist nicht viel zu spüren. Sie war im Grunde
nur auf einen Kreis von Menschen beschränkt, einen nicht
gar weiten Kreis, von dem die Erregung allerdings in strahlen-
förmigen Schwingungen bis in entfernte Schichten hinaus-
zuwirken vermag. Das Leben in den Straßen hat ein kurzes
Gedächtnis, die Leute stehen nach der südlichen Gepflogen-
heit auf dem Pflaster herum, schreien und gestikulieren nicht
mehr als alle Tage.

In den Blättern der Stadt, die in mehreren Sprachen erscheinen, ist nicht die geringste Andeutung der Ereignisse zu
finden, die gerade heute die Stadt, ihr Gebiet weit ringsum,
mich, dich und den Nächsten, uns alle hier in Straßen und
Häusern so nahe angehen und betreffen. Von oben bis unten
sind die Spalten angefüllt mit Nachrichten, die jedermann
vernehmen darf, und die zudem gute Nachrichten sind, aus-
gesprochene Siegesbotschaften aus dem Osten, Westen und
Norden. Hier aber sitzen wir im Süden, und diese Himmels-
richtung ist für die Blätter der Stadt wie abgestrichen oder
versunken.

Die Post vom Morgen ist schon angekommen, die Zeitungen aus den Ländern der Monarchie weisen die üblichen
weißen Flecke auf, spaltauf und spaltab. Der Leser mag unter
Zuhilfenahme seiner Phantasie sich die verheimlichten Zei-
tereignisse auf diesem leer gebliebenen Papier ausmalen. Er
mag zusehen, wie er es fertigbringt.

Von der Leere des Schlachtfeldes ist so oft die Rede, hier
ist ein Gegenstück. Das Deckung suchende Nervensystem
spürt ganz deutlich die Wirkung der feindlichen Gewalt, aber
während hüben und drüben der Mitteilungsbedürftige und
der Mitteilende die Distanz festzustellen sucht, wälzt sich
über diese Distanz der leere weiße Fleck.

Derweil saugt sich die Seele voll mit der Spannung, die
alles durchzittert.

Wie schön ist dieses Land. Die Glyzinien fangen schon an,
ihre Trauben zu verlieren, violetter Staub bedeckt die Wege zu

den Hügelgärten. In dieser Stunde die Anmut des Landes genießen? Da sei Gott vor. Wer sich geübt hat, im Anblick der Natur das Vergessen der verworrenen Gegenwart zu finden, merkt jetzt, dies Tor ist zu. Die Bewegung zieht von einem zum anderen, fädelt uns alle der Reihe nach auf, und wenn ich mich schüttle, die Nachbarschaft abschütteln will, dann erreiche ich nur, dass die Erschütterung der ganzen Kette mich noch mehr mitreißt.

Der Bauer draußen auf seinem Ackerland, über das der Feuerbrand in der nächsten Stunde wegrasen kann, hat seine Pflugschar fest in der Faust, dem Städter aber ist sein Werkzeug aus der Hand geschlagen. Denn über der Stadt wird sich ja die Wolke verdichten, in sie wird es niederschlagen, wenn die Zeit gekommen sein wird. Auch geht's um die Stadt, wie jedermann sich sagen kann.

Das eine steht fest: von all den Städten und Gegenden, in die heutigentags der Krieg noch nicht leibhaftig eingedrungen ist, zeigt wohl keine zweite ein Gesicht her, das dem Gesicht Triests vergleichbar wäre. Die Luft über ihr ist nicht von dem Pulverdampf geschwängert, dessen die Welt voll ist, sondern es schwingt in der Atmosphäre ein ganz spezifisches Element – man braucht gar nicht lange zu schnuppern, um es herauszukriegen, es ist ein elender mesitischer Gestank – aus südwestlicher Richtung treibt er herüber.

Die Nase gewöhnt sich an manches, ja man sagt, manche in Friedenszeit geradezu empfindliche Nasen haben sich allmählich an den Geruch von Leichen und verbrannten Wohnhäusern gewöhnt. An diesen Gestank oder diese kalte, widerwärtige Rialtoausdünstung, die der Westwind über die Ebene des Friauls und die steinigen Karsthöhen herüberschleift, gewöhne sich, wer's kann.

Niemand weiß genau, was vorgeht. Der hat dies gehört, jener das. Riechen aber tut den Gestank ein jeder. Schwadenweis zieht er durch die Nasenlöcher ins Gehirn herein und ist nicht mehr fortzubringen aus dem Gedanken und dem Gefühl.

Es soll ja wohl so sein: niemand soll wissen dürfen, was in Wirklichkeit vorgeht. Es geht um Stadt und Land, um Gut und Blut jedes einzelnen. Aber der einzelne soll mit Gerüchten vorliebnehmen und weiter nichts beanspruchen. Der Mensch fügt sich ja dem Walten der ungekannten göttlichen Kräfte, und so hat sich auch der Bürger den Fügungen der unerforschlichen irdischen Mächte zu unterwerfen, sich gehorsam zu zeigen, indem er wohl seine Existenz jeden Augenblick in vollem Umfange preiszugeben bereit ist, jedoch die Frage nach: wann, wozu und aus welchem Grunde? unterdrückt.

Aber: sein Schicksal in der Luft zu spüren, Sein oder Vernichtung sozusagen mit dem Staub der Straße und der Bora von den Bergen einzuatmen – das wird ihm keiner verwehren können.

Wenn ich lange zusehe, wie der Kran über dem Schiff stillsteht und wie das geduldige Papier sich mit ungefährlicher Druckerschwärze bedecken und von gefährlicher Druckerschwärze säubern lässt, so kann der Augenblick eintreten, in dem ich aus meiner gespannten Phantasie heraus plötzlich den Kran selbsttätig in Bewegung setze. Die Warenballen kommen eilig aus dem Schiffsbauch heraus und rutschen das Brett hinunter auf den Damm, bis das Schiff leer ist und tanzt. Die weißen Flecke auf dem Papier füllen sich mit meinen höchst eigenen Meldungen, die vollen Spalten aber verblüffen, die Nachrichten, die dort abgedruckt stehen und mich nicht interessieren, verschwinden zusehends, und meinen Sinnen bietet sich durch Täuschung eine weiße Fläche dar. Mein misshandeltes bürgerliches Nervensystem ist einfach rebellisch geworden und funktioniert über seine erprobte Leistungsfähigkeit hinaus.

Indes, der lange Schrecken, der anhaltende Zustand des Auf-dem-Qui-vive-Stehens hätte schließlich stoische Ruhe und Gefaßtheit zur Folge, wäre nicht für ein Auf und Ab, einen Wechsel von Anspannung, Abflauen und Wiederaufleben gesorgt. In dem Schreckenszustand, der hier über ein beängstigtes Volk, das Volk eines ganzen Landesteiles seit Monaten verhängt gewesen ist, gab es Pausen, Abschnitte, Augenblicke der Stille, von denen nicht festzustellen war, ob sie den Sturm beendeten oder ankündigten. In den wenigen Tagen, die ich hier verbrachte, habe ich selbst einige dieser kritischen Augenblicke nahen, da sein und vorübergehen sehen, und nicht der geringste, unschuldige Hagelschlag hat sich in ihrem Gefolge ereignet. Diese kritischen Tage stellten sich daher weniger als Kalenderabschnitte irgendwelcher Elementarkatastrophen dar, sondern es waren Fälligkeitstage einer Lotterieziehung, bei der, wie üblich, für die Spieler und Spekulanten wieder und wieder eine Niete zutage gefördert worden ist.

Sicherlich rollt zugleich mit den Weltereignissen in diesem Erdenwinkel ein bisher unblutiges Kapitel in der Geschichte des Krieges ab. Selten habe ich die Atmosphäre mit solchen Mengen von Elektrizität, einen breiten, mannigfach geschichteten Volkskörper mit solchen Spannungen von Wut, Abscheu und gesammeltem Haß geladen gesehen. Die Qual, den langen Krieg miterleben zu müssen, erscheint hier vervielfältigt durch das Bewußtsein, daß der wütendste vielleicht erst im Anzuge ist! Der äußere Anblick der Stadt mit ihrer nach der Art des Südens auf den Straßen lebenden Bevölkerung ist wahrscheinlich nicht sehr verschieden von dem Anblick, den sie dem Fremden zu Friedenszeiten bietet. Aber der Fremde erlebt in ihr das Schicksal jedes einzelnen, den die Atmosphäre bedrängt, belastet und nicht zur Ruhe kommen läßt.

Eine verzweifelte Gier nach Entladung sucht sich auf eine oder die andere Weise Durchbruch zu schaffen und die Erfüllung ist, falls sie nicht nahe bevorsteht, jedenfalls für kurze Frist gestundet.

Marcantonio reist heim

Triest, Mitte Mai

Am frühen Morgen tue ich meinen letzten Gähner auf dem Balkon vor meinem Zimmer – da legt sich unten der schlanke, weiße Dampfer an die Kaimauer und die Leute aus Capodistria betreten den Boden von Triest.

Es sind heute auffallend viele mit Gepäck angekommen; Berge von Bettzeug wälzen sich über die Reling auf den Kai hinunter, Körbe, Kisten, Koffer poltern ihnen nach, und diesen folgen, von den Erwachsenen angetrieben, Kinder, Mas-

sen von Kindern in alten Größen, Farben und Abschaltungen
von Pflege und Verwahrlosung. Geschrei, Geheul und Gezeter verbreitet sich über den Platz in der Morgenluft, und der
Dampfer tutet eins, um zu zeigen, daß er mit der abgeliefer-
ten Fracht nichts mehr zu tun habe.

Friedlich scheiden die Hökerweiber aus dem Gewühl und
ziehen mit ihren Körben voll Spargel, Salat, Fenchel und Ar-
tischocken in der Richtung des Marktes am Kanal davon. Auf
dem Platz bleibt jetzt eine runde, geschlossene Gruppe von allerhand Volk, Bettzeug, Kindergewimmel und Kofferstapeln
beisammen, von der betäubendes Getöse ausgeht, Gezappel
von fahrigen, mit den Fingern in die Luft stechenden Händen, Aufregung und alle sichtbaren und hörbaren Anzeichen
gemeinsamer Beratung und der Notwendigkeit, Beschlüsse
zu fassen.

Man braucht bloß oberflächlich hinzuschauen, um so-
gleich zu bemerken, dass die Leute im Gehaben und dem Typus ihres Aussehens nach von der einheimischen Bevölkerung
abstechen. Es sind Italiener, die in diesen unruhigen Tagen
ihre zweite Heimat mit der ersten vertauschen müssen; die
Stunden drängen, und es ist möglich, dass diese Stunden ge-
zählt sind: Da stehn nun die Leute mit ihrem Hab und Gut,
das ebenso aus der zweiten Heimat stammt, wie der zahlrei-
che Nachwuchs, der es nun plötzlich erfahren muss, dass er
eigentlich gar nicht dorthin gehört, wo er geboren worden ist,
sondern hinüber, in das Land mit dem oft gehörten Namen,
jenseits des Wassers.

Diese da unten bieten im Grunde keinen gar so überra-
schenden Anblick, im Gegenteil, es sind Nachzügler. Täglich
standen um diese Zeit auf denselben Fleck die schreienden,
gestikulierenden Scharen, und niemand regte sich über ihren Auszug mit Kind, Kegel, Bett, Hund und Katze aus dem
Lande, immer in der Richtung vom Landungsplatz nach dem
Südbahnhofe, weiter auf.

Aber heute früh reist Marcantonio samt Familie heim,
und das ist ein Ereignis, das ich nicht vorübergehen lassen
darf, ohne es mitzuerleben.

Das erste, was mich auf Marcantonios Vorhandensein,
seine Weltlaufbahn und sein gegenwärtiges Schicksal auf-

merksam gemacht hat, ist sein Koffer gewesen. Ein großer viereckiger Koffer aus Leinwand, so lag er dort unten in der Morgensonne, und jetzt, da ich mich hinter der Karawane her vom Landungsplatz zum Südbahnhof bewege, können meine Augen sich noch immer nicht von ihm trennen. Denn er ist der sonderbarste, lustigste, bunteste Koffer, den ich mein Lebtag gesehen habe. In der Mitte seines Deckels befindet sich ein großes goldenes Dreieck, aus dem sich, mit den grellsten Ölfarben gemalt, blaue, grüne, rote und gelbe Ranken, Streifen und Muster über den ganzen Koffer ziehen. Von solcher offenkundigen Freude an der Buntheit und fast futuristischen Herausforderung des Farbensinnes zeugte dieses Gepäckstück, dass ich von dem lebhaften Verlangen beherrscht bin, seinen Eigentümer kennenzulernen. Er hat es auf die Schulter geladen, und da schwanken sie nun, Koffer und Mann, vor mir ihres Weges dahin, zum Zug, der bereitsteht, um sie nach Udine oder Venedig mitzunehmen. Marcantonio ist Anstreicher und Familienvater. Seine Frau ist eine hübsche, schwarze Kontadina, mit Goldsternchen im Ohr, Goldketten um den Hals, mit Ringen und Armspangen und allerlei Schmuck behängt, was auf Wohlstand und ein glückliches Familienleben schließen lässt. Außer seinen drei Kindern schleppt das Paar auch noch den alten Vater, einen trotz der frühen Morgenstunde bereits schwerbezechten Greis, und die alte Mutter heim. Diese letztere trägt ihre Habe in zwei Marktkörben mit sich, die an einer langen, über die Schulter gelegten Stange rechts und links wie Wagschalen auf und nieder wippen. In der einen Wagschale befindet sich die Leibwäsche, in der anderen getrockneter Stockfisch, Polentabrot und eine Flasche Wein. Der ganze Aufstieg der Familie von Generation zu Generation wird in der Distanz zwischen dem primitiven Bauerngepäck der Alten und dem bunten Koffer des Sohnes offenbar, und die Perspektiven der dritten Generation verraten sich in den sauberen Kleidchen und dem guten Schuhwerk der Sprösslinge Marcantonios auf angenehme Weise.

Andere tragen ihr Bündel unterm Arm, noch andere schleppen zu zweit eine bescheidene Holztruhe mit sich, aber diese Familie von sieben Köpfen scheint mir ein bemerkens-

werteres Schicksal zu repräsentieren, als es arme Leute haben,
denen es gleich ist, ob sie heute hier, morgen dort zu Haus
sind, wenn sie nur zu leben haben.

Das sehe ich gleich, das Opfer, das sie jetzt der Größe und
den künftigen Geschicken ihres ersten Vaterlandes bringen
dadurch, dass sie es mit ihrem zweiten vertauschen, hat ihre
Seelen mit keiner besonderen Begeisterung angefüllt. Sogar
Marcantonios würdiger Vater hat heute keinen fröhlichen
Wein in sich hineingegossen und taumelt keineswegs in sile-
nischem Überschwang hinter der Rotte einher.

Der Typus des wandernden Italieners ist mir nicht unbekannt und ich habe Marcantonios in vielen Ländern Europas
und Amerikas an unfertigen Bahndämmen, im Bau befind-
lichen Brücken und Wolkenkratzern, ausgerodeten Wäl-
dern und ähnlichen Stätten der Arbeit und karg bezahlten
Anstrengung gesehen. Im Norden, Westen, überall habe ich
diese selben kleinen, flinken, schwarzen Marcantonios schwer
arbeiten und mit frugaler Kost bescheiden dahinleben sehen.
Aber das waren Marcantonios, die aus ihrer Heimat dem Brot
nachgewandert waren, und dieser kleine, betrübte Anstreicher hier ist im Gegenteil einer, der vom Brotkorb wegzuwan-
dern gezwungen ist. Trotz allen Geschreis und Zehnfingerin-
dieluftstechens ist dies eine recht kleinlaute Karawane, mit
der ich mich vom Schiff zur Bahn von Österreich nach Italien
vorwärts bewege. Ein paar Kinder schreien: »Viva l'Italia!«,
wie der Schaffner herumgeht und die Türen zuschlägt. Eine
arme, kleine Schwangere steht mit vor Gram versteinertem
Gesicht unten auf dem Bahnsteig und schaut zu dem Fri-
seurkopf hinauf, der oben im Waggonfenster lehnend gerade
seine Legitimationspapiere, Photographie und Einberufungs-
schein umständlich zusammenlegt und in die Tasche steckt.

Ausgelaugte, leergeweinte, ratlose, erstaunte und beklom-
mene Gesichter starren aus den Fenstern auf den Bahnsteig
hinunter, vom Bahnsteig zu den Wagenfenstern hinauf. Hier
bleibt das von Ungewissheit gequälte, in die Ferne horchende
Land zurück, drüben breitet sich die brennende, geschüttelte
Heimat aus. »Viva l'Austria!« ruft eine Stimme plötzlich, und
ich kann es nicht feststellen, ob sie aus dem Zug ertönt ist
oder vom Bahnsteig.

Weit strecken sich die Köpfe aus dem Zug hervor, hoch recken sich die Köpfe vom Bahnsteig in die Höhe, da der Zug sich langsam in Bewegung setzt.

»Addio, Coccola!«

»Tschau, Toni!«

Der kleinen Schwangeren stürzen die Tränen nur so über das Gesicht hinunter. Ihre linke Hand hält Geldbörse und Taschentuch an den Leib gepresst, die Rechte hält den großen Hausschlüssel krampfhaft umklammert und winkt, winkt, bis der Zug mit einem Ruck nach rechts abbiegt und der Bahnsteig verschwunden ist ...

Wir sitzen auf den schmalen Bänken, auf Koffern, aufrecht hingestellten Säcken und ähnlichen Sitzgelegenheiten in den überfüllten Wagen, die die Südbahn bis zur Grenzstation Cervignano laufen lässt, und ich höre zu was die Leute reden. An einer der ersten Stationen gab es ein Hallo; alles stürzte zu den Fenstern, um von dem Wallfahrtsort mit dem heiligen Kreuz oben in den Bergen wenigstens den Namen auf dem Stationsgebäude zu lesen. Jetzt geht's durch die Tunnel, und zwischen den inbrünstig zum wundertätigen Kreuz betenden Erwachsenen drängen sich in der Finsternis heulende und geängstete Kinder herum, deren erste Bahnfahrt diese heutige ist. Kinder in Mengen, an das halbe oder dreiviertel Hundert werden es wohl sein; durch alle Türen der Abteile laufen sie, stolpern durcheinander, haschen und jagen sie sich und suchen schreiend die Mutter und den Platz, wo sie hingehören.

Wir sind kaum fünf Minuten unterwegs und der Fußboden ist bereits eine einzige gelbe Wiese, auf der Polentabrokken wie Butterblumen blühen. Die Leute haben aus Körben und Taschen die großen honiggelben Brote hervorgeholt und führen sie vor dem Mund spazieren.

Jemand ruft vorn: »In Venedig gibt's wieder weißes Brot zu essen!« Mein Nachbar Marcantonio stößt mich in die Rippen und sagt: »Wenn's nur überhaupt was zu beißen geben wird dort drüben! Meinetwegen braucht kein weißes Brot auf der Welt zu sein, ich stamme aus dem Polentaland.«

Ein Stück Weißbrot wird wie eine Rarität von Hand zu Hand gereicht. Das Kilogramm Mehl hat drei Kronen zwanzig Heller gekostet!

»In Venedig ist das Leben so teuer geworden, dass man nichts zu essen findet – auch wenn man's bezahlen kann!«

»La carestia! La carestia!« so geht es zwischen den Reihen, durch den ganzen Wagen – flüsternd, seufzend, in Ausrufen von Mund zu Mund ...

»Jeden Abend hab ich Spargel essen können, soviel ich wollte,« Marcantonio zeigt auf seinen Bauch, »bis ich dick war wie eine Frau!«

Ein paar gelbe Knöpfstiefel machen die Runde: so wohlfeil! Welche ziehen die ihren aus und zeigen sie, halten sie über ihre Köpfe. Alle haben sich noch rasch neue Stiefel gekauft, soundsoviel hat das Paar gekostet, und sie überbieten sich in Lobpreisungen der guten und dauerhaften Fußbekleidung. Eher werden sie mit den Stiefeln auf den Füßen zu Bette gehen dort drüben, als dass sie sich der Gefahr aussetzten, man könnte sie ihnen stehlen!

Zwischen den Knien des Alten, der seinen melancholischen Rausch an meiner rechten Seite ausschläft, steht ein kleiner Junge und spuckt methodisch auf den Boden wie ein Erwachsener. Er hat sich aus einem Nachbarabteil hierher verirrt und ist nicht im geringsten befangen ob der fremden Nachbarschaft.

Die Anstreichersfrau, Marcantonios Gattin, sucht mit ihren ringgeschmückten Händen ihre eigene Brut vor der Berührung mit dem ungezogenen Rangen zu schützen.

»Porcaccia!« schilt sie und schlägt nach dem kleinen Spukker. »Via, vatene!«

Aus dem Nachbarabteil stürzt die Mutter auf den Unhold los, zieht ihn an sich, hinüber:

»Angelo mio benedetto!«

Am anderen Ende des Wagens sind Mandolinen und Gitarren in Tätigkeit. Aus der Ecke tönt Gesang. Es sind Reservisten, und der Vater des ungeborenen Kindes leitet den Gesang mit seinem Tenor. Sie singen die Lieder des Küstenlandes, mit gedehnten, modulierten Endsilben, die wie Hirtengesänge aus den Bergen anzuhören sind, wie Lockrufe für das weidende Vieh, und die daran erinnern, dass im nahen Dalmatien, woher diese Lieder stammen, ja schon der Orient seinen Einzug gehalten hat. Oft, in Nächten, dringen aus Fischerbarken auf dem Meer solche Gesänge in die Fenster der Häuser am Hafen ein.

In der offenen Tür am Ende des Wagens stehen Männer beisammen und erzählen sich, wie sie nach Triest, nach dem Küstenland, überhaupt in dieses Land und diese Gegend gekommen sind. Wie lange sie schon hier leben und wieviel sie verdient haben. Die Gitarren und Mandolinen verstummen und die Sänger vergrößern die Gruppe; auch sie berichten von ihrem Verdienst, ihrer guten Arbeit, die sie ernährt hat und die sie im Stiche lassen müssen.

»Ich habe mit den Leuten wie in einer Familie gelebt.«

»Ein kleines Haus, zweihundert Kronen auf der Bank!«

»Wird man je wieder zurückkönnen?«

»Eh! Früher als man denkt. Die vielen Leute aus Deutschland, aus Österreich, aus Frankreich, alle Grenzen sind voll, wer soll sie ernähren?«

»Gestern sind keine Züge herübergekommen, die Regie hat keine Kohlen mehr. Alles stockt!«

»In Udine sind die Baracken so voll, dass die Leute schon im Freien herumliegen.«

»Krieg oder nicht Krieg, die dort drüben wissen, was im Inland vorgeht!«

»In weniger als zwei Wochen fahren wir diese Strecke zurück.«

»Eh, magari!«

Marcantonio nickt mit dem Kopf und zwinkert mit den Augen.

»Nichts war ihnen recht. Immer dieses: l'Austria, l'Austria. Jeder hat gedacht, weil es Österreich ist, muss er schimpfen. Dabei waren die Behörden gut und zuvorkommend, man hatte sich denken können, man sei in der Patria. Sogar die Polizisten haben sie in der gleichen Uniform herumgehen lassen, wie sie die italienische Stadtpolizei hat, und man war doch in Österreich! Ich weiß, was das heißt, im Veneto Arbeit zu suchen, ich hab's als Junge gelernt!«

Die Baracken in Udine! Die Baracken, angefüllt, zum Brechen voll mit Heimgekehrten, Arbeitsamen, Ratlosen, die die Länder rings zurückgeschickt haben, die das Vaterland in sich zurückgezogen hat, durch alle Grenzen zurück; die in der Tür sprechen von den Baracken von Udine, die Frauen schwatzen von den Baracken, ja selbst die Kinder scheinen in ihrem Übereinanderstolpern und Geschrei »Baracken von Udine« zu spielen.

Marcantonio schweigt, und seine Frau, die zugehört hat, hat die Augen voll Tränen. La Nonna hat aus ihrem Korb eine Apfelsine genommen und füttert ihre Enkel. Langsam lutschen sie die saftige Frucht.

Wir durchqueren das schöne, reiche Friaul, sind an Monfalcone schon vorüber und haben das Meer hinter den Fenstern zurückgelassen. Jetzt donnert der Zug über die lange Brücke des Isonzo, und Aquilejas Glockenturm wird in der Ferne sichtbar.

Im Wagen wird betäubend geschwatzt, gesungen, auf der Mandoline und der Gitarre geklimpert. Mir kommt es vor, als sängen die dort lauter, um sich zu betäuben, als brüllte Geschwätz und Geschrei so wahnwitzig zwischen den hölzernen Wänden, damit das Rollen der unaufhaltsam vorwärtstreibenden Räder übertönt werde.

Marcantonio zieht seine Uhr aus der Tasche, eine gute solide Uhr aus Silber von der Größe eines Kinderwagenrades. Zwanzig Minuten noch, dann sind wir in Cervignano angelangt, der Grenzstation. Der alte Vater hat sein stoppliges Gesicht auf meine rechte Schulter gelegt und schläft. Die Familie Marcantonio sieht mich mit zärtlichen Blicken an, weil ich den Alten gewähren lasse und nicht zugebe, dass sein Schlummer gestört werde.

Wer da glaubt, an der Grenze stehen zwei Wettläufer, geduckt, Fingerspitzen auf die Erde gestützt, Auge in Auge, auf das Kommandowort horchend, das ihnen befehlen wird, aufeinander loszustürzen, aneinander vorbei vorwärts zu stürmen – wer sich von der Grenze eine ähnliche Vorstellung gemacht hat, muss sie korrigieren. Ein paar todmüde, schlaflose und übermäßig angestrengte Bahnbeamte zählen es sich an den Knöpfen ab, ob die Nachbarn sie heute wieder im Stiche lassen werden und sie dann die Flüchtlinge, wie so oft schon, in ihren eigenen kostbaren Waggons hinüberexpedieren müssen? Aber da rollt schon der Zug aus dem Nachbarland über die Schienen herbei. Voran ein paar Frachtloren hoch mit

Korkrinde beladen und dann die Wagen für den Personen-
transport. Man kann es ohne Mühe konstatieren, dass die
Unsauberkeit, die einem an solchen Vehikeln sonst pittoresk
und von kurzweiliger Ortsüblichkeit erschienen ist, diesmal
schon eher so etwas wie Wut und Abscheu auslöst. Sogar die
Lokomotive, eine putzige, altmodische Kaffeemaschine mit
Messinghalsband, weckt unfreundliche Gesinnungen; von
dem Schaffner, dem Führer, dem Heizer gar nicht zu reden.

Unter großem Geschrei, Gepolter und Zehnfingerindie-
luftstechen geht die Umladung von Menschen, Kindern, Betten und Koffern vonstatten. Wieder leuchtet Marcantonios
buntes Kunstwerk weit über den Bahnsteig, aber die offene
Tür des Gepäckwagens hat es bald mitsamt all dem anderen
Armeleutsgut verschlungen. Die Familie hat mich vergessen!
Ein-, zweimal gehe ich den Zug entlang, aber weder Marcantonio noch seine Frau, weder Fortunato noch die beiden
Zwillingsschwestern, auch la Nonna und der alte Vater sind
nicht zu sehen.

Ich bezähme daher meinen Wunsch, mitzureisen, um zu
sehen, wie die Familie schließlich unterkommt. Auch sollen
schon wissbegierige Menschenfreunde mit abgerissenen Ohren und als Spione gebrandmarkt aus Udine in das Vaterland
zurückgeschickt worden sein ... Ich lasse den Zug ruhig in
westlicher Richtung abdampfen, tue mich bis zum Abgang
des nächsten, in östlicher Richtung fahrenden, im hübschen
Orte um und stelle mit Genugtuung fest, dass das berühmte
Friauler Loch an dieser Stelle tüchtig zugestopft ist.

Kriegsausbruch an der Adria

Triest, 23. Mai 1915

Wir paar Leute, die am 19. abends aus dem Eisenbahnwagen
München–Triest auf den leeren Bahnsteig hinuntergingen,
sahen uns an und sagten uns stumm: Da sind wir nun in
dieser brenzligen Stadt angekommen! Aber schon eine Stunde nachher, als ich nach einem kurzen Spaziergang durch die
Straßen das kleine alte deutsche Wirtshaus betrat, war dieses

Gefühl verflogen. Da saßen dieselben vertrauenerweckenden Gestatten beim Bier, die alle die letzten Wochen in einer Atmosphäre von Behagen, fast von Sorglosigkeit um den nämlichen Tisch gesessen hatten. Meine gerührten Blicke begrüßten sie alle, vom alten Don Quijote im Goldkragen bis zum kleinen rosigen Kadetten, es war also keineswegs brenzlig hierzulande, und vielleicht hatte man sogar noch Zeit, in Ruhe seine Wäsche waschen zu lassen?!

Jedermann wusste oder ahnte es: hinter diesem sorglosen Behagen, das die ganze Stadt aufwies, lag nicht die Unkenntnis der Gefahr mehr verborgen, sondern im Gegenteil die selbstsichere Tüchtigkeit, die sich gegen alle Möglichkeiten gewappnet wusste. Ein Blick auf den weiten friedlichen Umkreis des Meeres, der Karsthöhen, ein Blick in die Stadt selbst, ja in die berüchtigten Promenaden und Kolonnaden, aus denen sonst die Irredentistenumzüge auszuschwärmen pflegten, ein, zwei, drei Blicke lehrten zur Genüge: dass in der ganzen Welt mehr Alarm um Triest geblasen worden war als in Triest selbst.

Sogar die enormen Wagenreihen mit den fahnenschwenkenden ungarischen Soldaten waren, von Norden kommend, in einem Bogen um die Stadt herumgefahren. Man sah wenig Militär in den Straßen. Dafür gingen und gingen die Trupps frischer Reservisten, unendliche Scharen frisch aufgebotenen Landsturms unaufhörlich vom Schiff zur Bahn, von der Bahn zum Schiff, quer durch die Stadt.

Oftmals am Tage legten die istrischen Küstenfahrer sich an den Hafendamm und stülpten ihre Fracht über den Steindamm aus. Ich wusste, ach, ich wusste ja schon gut, wie das zuzugehen pflegte. Die aus dem unteren Deck wurden nach links getrieben, die aus dem oberen nach rechts. Gleich säumte ein hechtgraues Gatter die pfeifenden, johlenden, aufgeregten Scharen ein, sperrte die Männer mit ihren Köfferchen, Taschen und Kisten von der herangestürzten weiblichen Umwelt ab, brachte beide auseinander, wo sich Rührszenen abspielen wollten, und schob dann unter Kommandorufen, Lärm, Geschluchze und Gezeter in verschiedenen Richtungen ab.

Wenn die Herden in Bewegung geraten waren, blieben die Weiber beisammen, wischten sich die Augen, setzten sich wohl in kleinen Gruppen müde und zerbrochen einfach auf das Straßenpflaster nieder, heulten und wehklagten noch eine Weite, bis sie es satt hatten und die umliegenden Gassen der Alten Stadt sie verschlangen.

Aber die Scharen der Rekruten waren schon weit, jede nach der ihr zugewiesenen Richtung und das Gejohle und Singen tönte nurmehr ganz verweht zum Platze herüber, auf dem ich stand. Jawohl – auch Gesang tönte zu mir herüber! Mitten aus den Scharen flackerte er auf, schwebte über den Ausdünstungen der erregten marschierenden Männer in der Luft oben, der Gesang, das Lebenselement dieses südlichen Volkes der Küstenländer. Sie singen ihre Lieder im Rhythmus des Ruderschlages, und wenn sie jetzt, in ihrem vierzigsten bis fünfzigsten Jahr ein Ruderlied plötzlich zum Marschtempo ihrer Füße zu singen begannen, dann muss es ihnen bald offenbar geworden sein, dass sie zum Rudern und nicht zum Marschieren geboren waren.

Gierig horchte ich hin, in diese Menschenmassen, die zum Drill abgeführt wurden, in jene anderen, die nächtlicherweise hinter Mandolinen her aus der alten inneren Stadt über die breiten Plätze gezogen kamen – war aus ihrem Singen Kriegslust oder Überdruss, Viva l'Austria oder Viva l'Italia herauszuhören? Zischte irgendwo unbemerkt zwischen zwei Noten die Seele des Volkes in die Höhe hinaus? Gierig horchend ging ich diese letzten Tage vor der Kriegserklärung durch die solange schon von der Ungewissheit belagerte Stadt. Aber nichts war zu hören, was Aufschluss gegeben hätte, über steinerne Pfade, aus dunklen Torbogen heraus kam der Gesang näher und lautete: Voga, voga la barchetta ... so und nicht anders ...

Alle meine Bekannten hatte ich nun zur Bahn gebracht. Auf dem Bahnsteig war ich als letzter mit geschwungenem Taschentuch stehen geblieben, und all die zufriedenen und frohen Menschen hatten aus ihren Villen und sommerlich blühenden Gärten fort gemusst, da wehten ihre Tücher aus den davoneilenden Zügen! Hie und da setzte ich mich auf einen Stuhl und wunderte mich über die Welt. Was trieb ich noch hier? Niemand in dieser Stadt, nicht die Davonreisenden, nicht die Hiergebliebenen, niemand wusste zu sagen, was denn eigentlich geschehen war, geschehen sollte, was die nächsten Stunden in der Tasche hatten und uns ins Gesicht streuen würden! Vor der Börse stand und gackerte die halbe Nacht das blasse und verschüchterte Volk aus dem Nachbarreich auf der Lauer nach Telegrammen. Nichts. Der Himmel war blau, wurde grau. Es kam Regen herunter und es wurde wieder schön. Nichts. Die Italiener zogen von der Börse heim und legten sich schlafen. Nichts ereignete sich. Im Regensturm und Nebelgrauen waren hie und da geschäftige Gestalten aufgetaucht mit gelenkigen Fingern, aus denen sie sich emsig Neuigkeiten zu saugen begannen. Diese konkreten Vorboten des Sturms gaben allerdings zu denken ...

Da wir Völker Deutschlands, Österreichs, Ungarns uns nachgerade an die Schicksalstage gewöhnen konnten, ging man durch all diese Schicksalstage vom 20. bis zum Pfingstsonntag guter Dinge über die Straßen spazieren. Helle Kleider lösten die Regenmäntel ab, auf dem Dach des Rathauses zwitscherten Vögel, man ging zur Post und gab Briefe auf, vor der Statthalterei kaufte man von den Höferinnen die ersten Kirschen und Erdbeeren des Jahres und wartete sogar mit geringer Spannung auf die auswärtigen Zeitungen, die etwas wussten, während man da herumging und Kirschenkerne ins Meer spuckte. Zuweilen schoss ein Automobil vorbei, hechtgrau gefüttert. Am Schicksalstage des Küstenlandes schwebten keine Segelkutter an dem toten Leuchtturm vorüber. Am Zwanzigsten war ja der »Verfallstag« gewesen, und die beispiellose Zeit bis zum Pfingsttag war vorbeigegangen, ohne dass sich etwas zugetragen hätte.

So kam's, dass am Sonntag, drei Stunden, ehe die Welt von der vollzogenen Tat des lieben Nachbarn Kunde erhielt, das bevorstehende Ereignis auf dem alleroffiziellsten Balkon von Triest ganz harmlos und in aller Gemütsruhe besprochen werden konnte. In den großen Prunkräumen war schon alles wie zum Sommer verhängt und eingemottet, Koffer und Handtaschen zeigten nur einen kleinen Spalt und warteten darauf, für kurze Zeit auf Urlaub zu gehen. Aber das Gespräch bewegte sich um Dinge, in denen die vollzogene Tatsache nur ein Element der Unterhaltung zu sein schien ...

Wie einfach ist doch die Welt, wenn man einmal sicher weiß, woran man ist! Vielleicht kommt es gar nicht so sehr auf das Maß dessen an, was man ertragen kann oder nicht, als darauf, dass man dieses Maß genau in Ziffern, seine Schwere in einem verlässlichen Kubikgehalt ausdrücken könne. Ein Feind mehr? Gut. Ein Kampfesjahr mehr? Wohlan. Aber wissen, fest und zuverlässig teilhaben an den Ereignissen. Das ist alles, was ein Mensch, der in dieser heutigen Welt steht, beanspruchen darf, es ist wahrlich das wenigste, worauf er Anspruch haben sollte ...

Wie ich mich verabschiede und die Treppe hinuntergehe, schlägt mir schon der erste Lärm der wissenden Stadt entgegen.

An den Wänden kleben feuchte Zettel, auf denen gedruckt steht, die Stadtgemeinde Triest sei aufgelöst; das Schwert regiert also. Über den Staatsgebäuden steigt langsam die rötlichgelbe Standarte in die Höhe.

Auf dem großen Platz sammelt sich allerhand Volk, und jetzt wird es sich zeigen, wie weit sich der Ruf der Stadt bewährt und bewahrheitet. Schon sitzen die Gendarmen auf ihren Gäulen und die Menge zieht von Haus zu Haus. Die Menge ruft, aber die Gendarmen sitzen in wohlwollender Passivität auf ihren Gäulen. Die Menge ruft, aber sie wird nicht gestört. Ich schaue mir die Menge an und schaue mir die Gendarmen an. Alles ist ja in bester Ordnung, wenn die Menge laut ist und der Gendarm still. Das ist es ja, was ich im letzten Grund wissen wollte, und was mich hier zurückgehalten hat bis zu dieser Stunde. Die Menge zieht über den Platz davon und ich in entgegengesetzter Richtung nach meinem Hotel.

Ich weiß es nun ebenso genau, dass diese Manifestanten vor den österreichischen Häusern Hoch und vor den italienischen Nieder! schreien werden, wie ich es weiß, dass ich jetzt meine Tasche packen werde und dass meine Mission hier fahrplanmäßig mit dem Abgang des letzten regulären Eisenbahnzuges beendet ist.

Vor dem Hotel treffe ich noch einen übriggebliebenen Bekannten an. Er hat einen Cocktail vor sich und die breiten Beine unter dem Tischchen ausgestreckt. In vollendeter Gemütsruhe schaut er auf das Meer hinaus, auf dem es nichts Nennenswertes zu sehen gibt. Ich setze mich zu ihm und er erklärt mir, mit Gebärden, die ich vom Kongress in Washington her kenne, in wenigen Sätzen seine Anschauungen über Politik und Menschenzusammenhänge. Er behauptet, es gäbe in der Welt nichts Unsinnigeres, als einen unzuverlässigen Freund nicht beizeiten abzuschütteln, und gibt schließlich zu, es gäbe doch noch etwas Unsinnigeres: nämlich einem falschen Freunde zuguterletzt sogar noch Zugeständnisse zu machen!